# 南湖日记

The South Lake Diary

# 南湖日记

The South Lake Diary

（长篇小说）

林乐之

Le Zhi Lin

C Canadian North America Writers Press Inc.

南湖日记

The South Lake Diary

林乐之  著

By Le Zhi Lin

For information, contact: cnawriterspress@gmail.com

The South Lake Diary

A Novel by Le Zhi Lin

Editor in Chief: 心漫  Cathy Xinman

Interior Design  内页设计：Shi m Wong

Cover Design 封面设计：Les T

Published by:

Canadian North America Writers Press Inc.

出版：北美作家出版社

Library and Archives Canada

加拿大图书档案馆

国际标准书号

ISBN 978-1-7380158-0-1(Paperback)

ISBN 978-1-7773970-4-3 (ebook)

# 目次


引子　　　　　　　　　　　　　　　　　　　　　　7

南湖日记　　　　　　　　　　　　　　　　　　　　9

普少翱感想与格言小辑　　　　　　　　　　　　　141

附录1：林乐之年谱　　　　　　　　　　　　　　148

附录2：林乐之小说作品目录　　　　　　　　　　159

# 引子

　　1984年4月末的一天，中国南方洞庭湖畔的岳陵城南郊外竟下了一场罕见的大雪。地上白得耀眼，地面十分地溜滑。

　　这天是26日，清晨约7时许，普少翱空腹独自缓缓漫步在岳陵师专校园毗邻的南湖边。他是清早看到窗外下了一场奇怪的雪，就起了个早床。他的裤口袋里斜插进昨晚与同事还没喝完的小半瓶白酒。听说过"六月雪"，没见过"四月雪"！北方或许有雪，但南方没见过。他这样想。他走出教工单身宿舍，不去食堂，就在校园里悠悠地走。他边走边喝着酒，"喔，喔，原来这不是雪，是一场霜降！"他自言自语道。霜降一般在十月，怎么四月里有霜降？他不得其解。

　　他喝得渐渐有点醉意，不觉走到了教学区的足球场上。足球场的西端紧邻南湖。他想起了自己多次失败的爱情。先后有三次爱情都失败了。最后一次是在考研失败之后。也正是考研的失败，也让他彻底告别了爱情。

　　天空渐渐地明亮起来，几抹霞光也挂在了东边的天宇里。但愿今天升起一轮崭新的太阳！普少翱把喝光的空酒瓶扔进右手边的南湖，从胸衣兜里掏出一个大大的本子。喔，是一个蓝皮本。他开始双手捧着蓝皮本边走边读。南湖的水浩淼壮阔，波浪微微起伏。它的水域十分宽广，余波与更为淼阔的洞庭湖相连。普少翱在越来越明丽的天空下沿校园与南湖相隔的一个水泥堤坝上一走过来一走过去。他来回往返踱步了足足有三小时。直到肚子实在饿了，才去教工食堂吃早餐。

　　中午，他闷闷地睡了一大觉，不再吃午饭。下午醒来已是5点整。他又早早地去食堂吃晚餐，再回寝室。一个人的单人间叫什么寝室？就是一个幽暗的冰窖！天渐渐地又暗了下来，天空里跳出几颗星子。他又独自一人出去漫步。他又慢悠悠地走进教学区，又走在了那个足球场与南湖相隔的水泥堤坝上。他的左手上当然没有了白酒瓶，但那个蓝皮大本子仍邪插在他的右侧裤口袋里。天色确实渐晚渐深了，当他想离开湖边，左脚忽然软了，无力，结果一滑。裤口袋里的蓝皮本飞出来，跌落在堤坝上，他却坠入了左侧的南湖中……

南湖的水一片幽绿，渐渐又变成暗绿。好在他会游泳。他就在湖水中扑腾。他的脑海中一片空白，但他知道自己掉在了南湖中。他的眼前远处隐隐看见一座桥，喔，那是三眼桥。他朝那游去。他游了很久，游过了三眼桥中间的洞。他还得游，这里是南湖的后湖。他渐渐感觉脚触到了泥地，可是杂草丛生，沼泽一片。他游得筋疲力尽，最后双足陷在了沼泽中。他拼力喊："有人吗？过来救我！"无人回应。"救我！救我！救我！"还是无人回应。他最后虚弱地呼喊：我为什么陷在了这里……

第二天早上，有户外晨读的学生在后湖边发现了一动不动卧浮在沼泽草丛中的普少翱。

闻讯而来的学生及教职工更多了。有勇敢的学生跳进冰凉的湖水并游向草丛。人被捞了上来，普少翱已停止了呼吸。此时，又有学生嚷着："在足球场捡到一个蓝皮本！"而且被迅速争相传阅着。那正是普少翱的日记本。蓝皮本最后被传到青工李溢的手上。他是青工楼普少翱的邻居，也是普少翱的好朋友。李溢翻开了蓝皮本的前几页，知道这是普少翱的遗物。

普少翱的身后事得到了及时妥善的处理，但师生们一个个都发出着叹息。普少翱的家人把他接回了省城。李溢在读完普少翱的日记全稿后决定暂代为私藏，这个本子的扉页上写着四个字：南湖日记。里面记录的正是他来到岳陵师专的点点滴滴。

22年过去的2006年底，李溢终于将此日记郑重地交还在省城的普少翱的二哥。二哥将它转交给市作协的林乐之阅读。林乐之阅读后觉得这是很好的小说素材，愿意将其润色创作成文学作品。二哥欣然，并觉得这是对他弟弟的最好纪念。

# 南湖日记

# <u>1982年12月27日</u>

  我叫普少翱，决定从今天起开始书写我的《南湖日记》。我只有在离开家乡的日子里才会写日记。在家乡省城，我从来不写日记。

  我出生于江南某省的省城，从小在城市长大。高中毕业一年后，我作为下乡知青来到岳陵地区的一个滨湖农场接受贫下中农的再教育——务农。呆了一年，1978年高考把我送回省城，就读省城师范学院。四年学习，我以为毕业后再也不会离开省城，可命运还是把我抛回了岳陵地区。

  我是被系领导狠心逐出省城的。我的内心充满深深的无奈和仰天长啸般的痛苦，可没有一个人理解我。我的父母兄弟能理解我么？或许能理解丁点儿，但他们毕竟不是我。我的两个女朋友和我曾经有意的女孩能理解我么，她们全不理解我。她们的眼神告诉我：啊，你的命运这么差，被分配去了外地，而且是小地方……我怎么能跟着你去……

  我也不知自己为何这么眷恋省城。仅仅它是省会城市么？仅仅它是生我养我长大的家乡么？其实，天下哪里不能容人生存和生活啊！是不是我内心太过于脆弱和空虚呢？

  昨天上午10点20分，我坐上了由省城开往岳陵的火车。尽管这不是我第一次到岳陵，但此次却有一种与爸妈兄弟长相别离的感觉。我恐惧自己有可能会要在那个地方生活工作一辈子，再也不可能回到省城家乡。大学毕业分配是残酷的，容不得我个人向组织提出要求。一切得服从组织分配。我万般无奈，只有去岳陵。

  好在我是分配在岳陵师专教书，好歹也是个大专学校。我是去教大学生啊！心里稍有点安慰后，火车就开出了省城火车站。当我在车窗口回望时：二哥、弟弟送别的身影便渐渐小了，也远去了。我自己在座位上哭了。一切努力都白费了。在农场考大学不就是为了回省城么？考上大学努力学习不也是为了留在家乡省城么？可系领导为什么不能把我留在家乡而又要让我再一次去岳陵地区呢？系领导竟不容我有任何的分辩与申诉！

  火车"呜——呜——"地长鸣，似飞奔了起来。我缩着头，双手捂面哭泣。乘务员和几个旅客围过来，问我发生了什么事？我没有说话，只是把毕业派遣证拿出来给他们看。女乘务员说："好啊，是喜事啊！大学毕业就能到师专教书，是大学老师！你哭什么呀？"其他旅客也七嘴八舌地

笑我。"大学在六月份就分配了吧，你怎么到年底了才去单位报到呢？"
我止了哭，告诉他们："我把户口迁出单和派遣证拿在手上半年了，拒绝
这个分配。我在省城游游荡荡了六个月。""大学老师，多好的工作。
家乡与外地，不是一样工作么？毕业做无业游民，你爸妈不骂你？""是
的，我不能坐在家里再让父母养我，所以最终我还是想通了，决定去岳
陵。我这就是去岳陵师专报到的。"

火车终于驶进了岳陵境内，进了市区。岳陵火车站到了，我又回到了
这个既熟悉又陌生的地方。

今天我这篇日记，只是记录了我毕业的心情和感受。既然让我又回到
岳陵，我想我就应该下决心去爱岳陵。岳陵也是一座千年古城啊，历史文
化深厚。我为什么就不能好好爱它，并在此好好生活与工作呢？我要断绝
过浓的家乡观念！我要去除大城市与小城市尊卑优劣的世俗观念。我要好
好融入这个城市并在此安家乐业，做出应有的成绩！

# 1982年12月31日

这些天，我熟悉了一下校园，也熟悉了几个人。我最早认识的当然是
科室领导。科主任禹达夫见了我就竖眉瞪眼："你怎么才来报到？！开学
到现在，都三个多月了！"我没有多说话。我的表情很阴郁。"我就知道
你们省城人不想到我们小地方来工作。你肯定是不服从组织分配，但最终
还是无可奈何来我们这里报到的吧。"李主任嗓门大，块头也大，像个工
厂车间主任，而不像个教书的知识分子。他是政史科（系）主任！我从进
入师专大门就内心充满失落，或者说再次回到岳陵城内心就无比灰暗。"
我确实是抗拒这种毕业分配结果，但我抗拒不了我的命运，所以，我还是
来了。"我回话的声音极其柔弱。

"既然来了，就安心工作罢。好歹，也是个大学教师，你要感到光荣
和骄傲！"

"好吧，我骄傲。我会骄傲的。"

客观地说，这所学校虽然不为我所接受，但它的地理环境还是很独
特的。学校紧邻一个很大的湖泊：南湖。我抱着几分好奇在校园里走来走
去，走了一圈又一圈。学校被一条窄窄的郊区马路分为两个区域。马路左

边是办公楼区和教职工宿舍区，在左侧的一处小山坡上也建有几栋学生宿舍平房，但全住着女生。教工食堂与学生食堂也在这边。马路右边是教学区，很大很宽阔。有图书馆、体育馆、教学楼、足球运动场，还有学生宿舍，是高层，全部住着男生。让我眼睛一亮的不是这些建筑物，而是足球运动场尽端毗邻的一个十分淼阔的湖泊。它一下就让我的心喜悦起来。有学生过来向我介绍：南湖与洞庭湖相连。洪水季节，南湖与洞庭湖连成一片。平常，洞庭湖与南湖是分开的，像母子湖。

校园的周边，还有一些小的水泊或沼泽，与南湖既断开又似相连的几个零星小水湾或小小湖。呵，原来这个不怎么知名的岳陵师专竟然是处在这一大片大小湖泊的环绕之中，它是被大自然包裹起来的一片高岭地带。这儿的地名叫做：奇家岭。

因了这美丽温柔的南湖，我的心开始稍稍平静与镇定下来。我打算在这里好好干，开始我人生的教书生涯，并做一个在讲台上受学生欢迎的好老师。

生活区，也就是左区，进校门左侧还有一个水塘，上面建有一幢白屋商店。晚饭后，我走进曲水廻廊上的白屋。一楼是百货店，靠左柜台是书店，右柜台才是卖零食等的百货柜。二楼则是医务室。灰暗的灯光亮着，里边却是闹腾腾的。有一群女生拥挤在右柜台前面。

我的眼睛看中了左柜台书架上的一本书，售货员笑着递给我。歌德《少年维特之烦恼》。我翻看扉页：

哪个男子不善钟情，哪个少女不善怀春。这是人类至真至纯。

"英子，你买这么多吃的呀！一个人吃，还是喊我们一起吃？"一个女生尖细的声音。"明天就是元旦新年了，今晚大家闹一闹。愿意到我寝室里来的都有吃。但你卓亭亭来了，没得给你吃！"很清脆很清亮很好听的声音。

"英子，你坏，你真坏！"卓亭亭拍打着英子的肩膀。英子怀抱好几包吃的南食躲闪开来。

"别闹，别闹。你到我们寝室来，我给你吃！"一个高挑圆脸蛋女生也怀抱了好几包南食。她忽然走到左柜台来，望一眼书架，也望了一眼我手中的书。我忙递给她看封面。"少年维特之烦恼。售货员，我也来一本！"圆脸女生说。"就这一本了，你问这位男同学愿不愿意让给你？"售货员说。圆脸女生就大方地朝我笑，并看着我。

"售货员，我不是学生！我是刚刚分配来的新老师！"我故意把声音说得很大。卓亭亭围过来，"你是老师？你刚分配来的？你分在哪个科呀？""政史科！"我说。"呀，你是我们科的新老师呀！英子，过来，我们政史科新来的老师！"英子怯生生地远处站着，没有走过来。

"老师，你手中的这本书能让给高丽亚同学吗？"卓亭亭尖着声音直问我。我把书递给高丽亚。"不不不，你是老师，是你先买的。而且，我也不知道这本书到底好不好。"于是，我交了钱，买下了书。

卓亭亭还是拉着英子过来了，"老师，你姓什么？"我的眼睛看着表情青涩的英子："我姓普，普少翱。湖湘师范学院政教系毕业。"英子望了我一眼，但始终没有说话。

三个女生走出了商店，我还在翻看着柜台上别的书。走出白屋时，我手上又多了卢克莱修《物性论》和休漠《人性论》。

回到水塘另一边远处的青年教工宿舍我的单间房内，我牢牢记住了这三个女生，尤其是那个英子的样子：她的容貌酷似电影《小花》中陈冲饰演的那个大眼睛小花。英子只是没有一根黑粗的长辫子，而是两根齐肩的短辫。她的声音不是岳陵本地口音。她穿的不是花衣裳，而是一件长长的黄棉布军大衣。

# <u>1983年1月1日</u>

早晨起床，看一眼窗外，竟是一片雪白！喔，下雪了。元旦下雪了！我很兴奋。我到青工楼宽敞的平台上去洗脸、漱口。四周的雪白得耀眼，晃刺得我两眼都不敢睁开。我向这银色的世界做出伸开双臂欢迎的姿势，并仰天呼喊一声："白雪，你好！岳陵，你好！"

水笼头都给冻住了，我只好用地上的雪洗脸并漱口。这栋青工楼刚建成不久，只住了三、四个新来的老师。我因起床早，第一个踏出一串串雪地上的脚印。我的脚印深深的、鲜明的延伸到教工食堂。吃了两个馒头，我就往教学区去。教学区空旷的篮球场上及图书馆门前，一群学生男女正在相互大打雪仗。男的女的全穿着运动服，红的、蓝的、绿的。相互打得夸张而欢畅。有的男生还往女生衣领里塞雪球。女生则抢着男生的棉帽子丢来甩去。一片叫声、喊声、笑声。我上去一问，是体育科的学生。

也有一群活泼的小孩子在欢快地堆着雪人，在雪人身上做眼睛、鼻子和嘴巴。

我看四周：天空一片皆白，大地一片皆白，宇宙一片皆白！我孤独地站在这雪的世界中，目睹着大学生的欢乐、小孩的欢乐，唯独我自己似乎没有欢乐。我才24岁，怎么像一个老态龙钟的人，又似一个弱不禁风的人。我似乎从来就没有像他们这样欢乐过。我怎么会孤身一人来到这岳陵？这陌生的地方，远离我的家乡与亲人。我陷入了沉思……

# <u>1983年1月3日</u>

今天，我接受了科主任安排给我的下学期教学任务，教《哲学》。也就是说，过了这个寒假，开春后我就要正式登上师专的讲台了。我拿到了所教班级学生的花名册，是政史科1982级学生，一年二期的课。我心中忽地一喜。不知为什么会心中忽地一喜。回到单人宿舍，我端坐在书桌前，展读花名册。跳出来了一个"卓亭亭"！啊，我的心口一阵激动。又跳出来一个"高丽亚"！我的热血都冲到胸腔了。花名册完了，可为什么没有那个"英子"呢？我再看一遍花名册，确实没有"英子"，但却有一个"潘英子"，还有一个"金振男"。也许"潘英子"就是英子？要么，"金振男"是英子？"潘英子"肯定是女孩吧。"金振男"是男孩还是女孩？因为女孩名有用"招弟"、"竟男"的，当然，用"振男"也就有可能。我在心中暗暗祈盼那个像小花的"英子"就在这个班上。英子，一定是"潘英子"与"金振男"之中的一位！英子，英子嘛，最好就是潘英子！我凭感觉判断，潘英子一定就是那位像小花穿着军棉大衣的英子！

政史科（系）分为五个教研室：党史教研室、哲学教研室、政治经济学教研室、历史教研室、教育理论教研室。我要求分在哲学教研室，所以教《哲学》。我不敢去下学期所教班级学生宿舍寻找认识的那几位学生，尽管我太想去求证哪位是英子？作为任课老师，事先去走访学生宿舍了解学生状况与对教学的要求，其实是说得过去的或被理解的吧。

但我没有立即行动。我在平复自己的心情。今晚，我入睡的心情肯定是激动的。我将第一次登上师专的讲台，做一名大学教师！我是一个有理想、有追求的人。我一定要做一个称职的、受学生欢迎并认可的好老师！

# 1983年1月17日

两周没有写日记了，主要是无所事事，也无事可记。上课是下学期，三月份吧。我心中念叨着那个英子，想以准任课老师身份去女生宿舍走走，但又缺乏勇气。我去男生宿舍走访了，他们说特别不喜欢老教师上课，而愿意年轻老师给他们上课，说年轻老师与他们在心态上、感情上、语言上更容易沟通些。他们不喜欢照本宣科的老师，不喜欢查出勤率老点名的老师，不喜欢总要学生抄黑板的老师，更讨厌还不时检查学生课堂笔记的老师！"这哪像什么大学啊？老师像管中学生一样！"这就是男生的怨言。

我几次想走进政史科82级女生宿舍，也想听听她们对下期《哲学》课教学有何要求。但我又总觉得访问的理由不足。唉，我既然访问了男生宿舍，为何还要去访问女生宿舍呢？放弃吧。没过半日，我又劝说自己勇敢一点，既然访问了男生宿舍，为何不去访问女生宿舍呢？男女平等嘛。但我还是没敢去。自己是位男老师，正24岁，单身，到女生宿舍去是为了什么呀？难免让人置疑吧。唉，我不就是去坐坐么？有哪个老封建说年轻男老师不能去女生宿舍？这都什么时代了！学校哪条规定说男老师不能去女生宿舍？没有吧！可我还是没能迈出我的脚步。

我现在没有任何具体工作可做，唯一可做的就是看书、备课。《哲学》，我在大学里很有兴趣、上课也很认真、下课就跑图书馆借了不少西方哲学书阅读。《哲学》课成绩也不错。那些基本哲学概念、范畴及辩证唯物主义与历史辩证唯物主义观点，我都了然于心。

我开始静下心来扎扎实实备课，但又实在觉得枯坐这清冷寂寥的房间写教案太过乏味无聊。那我就到市区里去玩玩吧。岳陵，不愧是一座古城，古老的城墙虽断断续续，但依然有几座城门遗址，只是显得破败不堪。洞庭湖边，有一座岳陵楼，浩淼的湖水中央有个君子岛，还有城陵矶，那里的水就流向了长江。我玩了三天，把岳陵城的大街小巷都走遍了。但我唯独不愿去湖水那边的我曾下乡的岳陵滨湖农场玩一玩，尽管我是知青下放在那里并从那里考大学飞出来的。我觉得我极没脸面去面对那个知青老屋和队里的李大妈。李大妈待我如家人，我曾住在她家复习功课。我考上了省城的大学，理应有辉煌的前程，至少也要留在省城某机关单位发展，可我却被逐出了省城，逐回了岳陵。我都不知我犯了什么错或得罪了领导还是同学，要遭此境遇。我是想不通的。

我当然还有难言之隐。我的女朋友不能接受我来岳陵，就在我毕业前夕，她离开了我。

我也是带着对爱情的恼怒情绪告别省城再次来到岳陵的。我的女朋友是我下乡的知青。她在我上大学一年后招工回到了省城。她当然不愿意再回到这个岳陵地区。我理解她的感受。但我的感受无人理解。

现在，我打算重新寻找我的爱情。我的目光就这样不自觉地或不由自主地落在了即将成为我学生的英子身上。我对她是一厢情愿。因为她对我却完全陌生且毫不知情。我要勇敢，我要创造机会，让她被我的目光与热情所俘虏。我是不是太自私？我是不是太盲目？但我没有办法，我需要爱，需要情感的滋润，或许我才能在岳陵师专安下心来。

我期待下学期的早日到来，我要在课堂里与她相会！

# <u>1983年1月27日</u>

又是10天没有写日记，我不知我的《南湖日记》能否坚持写下去。我其实是一个心智十分倦怠的人。有时，我觉得我的意志力像一条毛毛虫，总是软软的。当然，有时我也会激情满怀，昂扬亢奋地去做一件事或追求某一个人。我还是没能去走访女生宿舍。我想见的英子自然就不可能见着。有好几个傍晚，我连续去白屋商店转悠，或买书，希望在那里再逢上那三个像丁香花一样美好的姑娘！因为她们即将成为我的学生。可我就是遇不上她们，哪怕是逢上卓亭亭或高丽亚也好。我在整个校园里散步，也没能再逢上她们中的一个。她们仿佛忽然飘飞不见了似的，我的心中空荡荡的。

我决定提早回家过寒假，呆在师专也是无所事事。我见不到那三个女孩，有一种度日如年度日如月的感觉。科主任同意我提早回家，但寒假一定要把课备好。我回答："我保证把课备好、上好！一定搞它个开门红！"

# 1983年2月24日

今天是非常奇妙的一天。现在是夜晚，我在省城南门外至善巷18号家中小木楼上后房里写这篇日记。我在家里过寒假。上午看书、备课。午饭后还是看书、备课。到4点多，心力疲惫，就想出去走走。我骑了二哥的自行车出门，上书院路、过南门口、走黄兴路，到了五一路。本想右转去火车站，看看几天后返回岳陵的火车票。假期一完，就该回岳陵师专了。可我忽然左转车头，自行车驶向了湘江大桥，往河西去。我忽然想回母校师院去看看。母校政教系的领导深深地伤害了我，我恨他们把我逐出省城分配去岳陵。但我不恨这所学校，这是我的大学，四年青春时光在这里度过，让我拥有一种巨大的光荣。我是高考恢复后的第二届大学生！我曾经骄傲过。师院的校园太熟悉，太让我怀念。我不是去看系领导，我只是想回母校看看走走。

我的自行车行驶在湘江大桥的非机动车道上。寒风在江面上刮着，当然也刺冷我的脸。可天空的西边忽然出现一抹金色的阳光！当我的车骑过桥中段时，我的眼睛忽地一亮：英子！那不是英子么？穿着军棉大衣的英子竟然正走在这省城的湘江大桥上！她从西头正走着过来！

我的眼睛没有看错，前面迎着我走过来的正是那位岳陵师专的女生英子！我急刹自行车，就停在了她的面前。她的一双黑亮大眼睛望着我，脸庞异常美丽！"你是英子，岳陵师专的学生？！"她没有太惊讶，而是很平静地回话："我是。你怎么知道我叫英子？你是？"我的心口怦怦乱跳，半晌才平静下来。"我是去年底刚到岳陵师专报到的新老师。政史科的。我叫普少翱。这个学期，我会教你们《哲学》课……你还记得么？元旦前的那天晚上，在学校白屋商店，两个女孩老叫你英子……当时，我正在一旁买书……"　　她似乎想起了什么，但表情仍然平静："喔，老师。你是我们的老师啊？你怎么在省城？"我回答："我就是省城人。我这准备去母校师院看看的。"

桥上的车辆在我们的身边往来驶过和鸣叫。我们竟都立定着没有挪动。一辆车在我们身边狂按喇叭，我才机智地把她迅即拽到桥的边沿上。

"你这是要去哪里？你从哪里来？"我问她。

"上午我从德山家里坐车过来。汽车西站下车，现在路过省城，正想去火车站买再去岳陵的车票回学校。"

"开学还有几天吧。喔，要不，我陪着你去火车站买票？"

"不麻烦老师。你要去师院，那我也去师院吧。"

"你怎么忽然改方向想去师院？你是？"

"我一个高中同学考进师院中文系，正好也应该去看看她。"她的脸上掠过一丝羞涩。

我的内心欣喜不已，难以自抑，但又克制着激动。因为她改变行走的方向，就与我同行了。我把她手中的行李袋接过来，放到我自行车的后座上。我不敢叫她坐上我的自行车，当然也不可能独自骑着车走。我自然就推着车与她同行。我在内心想：她愿意与我同行，一道去师院，走着过去可有近半小时啊，这一路走，可以多说多少话啊！这正是我求之不得的了解她的机会！也是让她了解我的机缘吧。仁慈的上天，你这是赐我以良缘与良机吧！

我们一起并排走着，往岳麓山下的师院去。一路上，我问了她许多话，她也回答了我许多话。

"英子不是你的本名吧？"

"我叫潘英子。寝室里的人都叫我英子。"

"喔。你怎么独自走在湘江大桥上，不坐公共汽车过桥？"

"我没有在省城的湘江大桥上走过，所以想走一走，感受一下'湘江北去'的景象。"

"你喜欢毛泽东的诗？"

"谈不上喜欢，背过《沁园春·长沙》。对省城有点好奇，但一点也不熟悉。"

"我在省城出生、长大。这里是我的家。你想在省城玩，我可以当你的向导……"

她浅浅一笑，没有回答。

"你这么早就去学校？开学还有四、五天吧。"

"在家里呆久了，也没味，就想早点回学校。"

　　我们边走边聊，注意力都高度集中在谈话上。不觉，我们就走进了二里半。马路右边有个小书店，我对潘英子说："英子，你能等我一下么？我到这个小书店看一下，就出来。"我想向她暗示：我是一个多么喜欢买书和读书的人。我在小店里左选右挑，其实内心很急。我不知外面的英子会不会耐烦等我。其实，我也想她进书店，陪着我一起挑书。她若真的愿意进来，说不定我就会买一本书送给她。但她在门外向我示意，表示她就在外面，守着我的单车。

　　我在匆忙中选了一本郑振铎译《泰戈尔诗选》，付款后走出来。潘英子站在我的自行车旁足足等了有十分钟吧。我看她的脸色有点着急，还有点微红。

　　"让你久等了。"我说。

　　"没有。普老师，你是不是特别喜欢买书？"

　　"是的。我每见到书店就要进去，并且至少买一本书出来。我读小学中学正是文革十年中，没读什么书。所以高考才上了个师院，否则，我上不了北大至少也应上个武汉大学吧。"

　　"老师，你有这么大的读书志向呀？你看我们，才考了个师专，唉。"

　　"师专也是大学。岳陵师专不错。我本来不想去岳陵，但看到那个南湖后，我的心一下就安定了。读书就应当在一个美丽的自然环境中。"

　　"老师，你真会说，你一定看了许多书吧。你主要喜欢读哪些方面的呀？"

　　"我是喜欢看书。我喜欢哲学、文学和美学。你喜欢哪方面的呢？"

　　"美学书？我没看过，也没听说过。我嘛，也喜欢学习，就是没有明确的方向。考入政史科，也不知道要多看政治好还是历史好，似乎没有特别的读书兴趣方向。目前只是想把每门功课搞好。"

　　"政史专业好，但好的途径是通过文学和美学的阅读提升自己的专业，这是我的理解。文学尤其可以提升人的情感和精神境界……"

　　仿佛话还没有说够说完，师院就到了。"普老师，我今晚就住我同学这里了。"潘英子向我伸手，我只好把她的提袋递给她。我真想再挽留她一会，一起在师大校园里走走，或与她一起去她同学的寝室里坐坐。但看着她想告辞的表情，我只能目送她走进大马路边一幢女生宿舍里。

看着她离开的背影，心中既满足又失落。我忽然想，我应该对她说一句话："明天我们一起去火车站看车票、回学校……"

# 1983年2月25日

如果说，天上有神灵，昨天湘江大桥上的巧遇，不是上天的垂顾么？两个月前，我是那么地不情愿去岳陵。现在，此刻，我的心是天空中的闪电、飞驰的列车，我希望早早地去岳陵，去师专上课！

如果没有天意，上天何必安排我与潘英子在湘江大桥上的相遇。我坚信这是上天对我的垂顾，对我的怜惜。它要我安心岳陵，于是，安排了一位天使出现在了我的身旁。本着内心的纯真，我要向英子靠近。至少，我要努力接近她，与她相依……

# 1983年2月28日

我回到了学校，回到了岳陵师专。

在省城湘江大桥上遇见潘英子的第二天上午，我去了火车站。我一早就到了火车站。我想潘英子会到车站来买票并回学校的。我要为她买票并一同回学校！可我望眼欲穿，足足等了一个上午，又等一个下午，都没有等到她的到来或出现。我有一种深深的怅然若失的感觉。

可是，今天中午，我在校园里看到了潘英子。正是吃午饭的时候。我从食堂打完饭出来，欲回青工楼。潘英子出现了！她从女生宿舍旁的那条小路上款款走过来。我远远地看见了她，她也远远地看见了我。她没有穿军棉大衣了，而是穿着一件深蓝色的上衣。她的一双眼睛那么明亮，那么地大。她看见了我。她一步步走近了，扎着一对齐肩的短辫，右手拿着一个白色有花的搪瓷碗，里面有一片长长的铁勺子。她正朝食堂这边我的方位走来。她走近了，近了。她走路轻盈又略显缓慢。我欣喜地看着她走近了我。

"普老师！"她的脸竟然羞红了！

我深情地望着她，笑了。我回一句："潘英子！"

我接着问："哪天回的学校？"

"喔，我在师大同学那里玩了三天。"她说完就擦身而过，没有刻意停下来与我说话。

喔，原来这样。我来不及多与她说话。但我想，回到学校了就好。这不，我马上就要给他们班上课了。我们还会见面的！

我真想明天就给她上课，可是，还要等几天。我真有些等不及了。

## 1983年3月5日

上完了第一课，要知道，我的内心是多么地喜悦与欢畅啊！课堂上，同学们暴出了三次认可我的掌声。我成功了！

潘英子就坐在靠窗第二行第三排的位子上。她的左侧同桌是一位容貌有点丑陋年龄也稍偏大的女孩，这更加衬托出潘英子像花一样的美丽。她上课时，神情很专注，不时埋头做着笔记。她的两只大眼睛看着我讲课，但我却不敢多看她，因为我得面对全班同学讲课啊。

"哲学，古希腊被称之为'爱智慧'……它是一门爱智慧的学问……"

"哲学是关于人们对世界、对宇宙及对人自身看法的一门学问……"

"马克思主义哲学是辩证唯物主义与历史唯物主义的统一，它是世界观也是方法论……"

…………

我运用了课堂提问。我向班长提问，向卓亭亭提问。第二小节课，我向学习委员提问，向高丽亚提问，但我并没有向潘英子提问。

傍晚，我走在校园里，就有学生主动给我打招呼了。我不时地遇到一个个学生。她们叫我："普老师！"或老远对着我微笑，这让我的自尊心和荣誉心得到了极大的满足。卓亭亭还小跑到我跟前向我问这问那。我问她："英子呢？"她说："潘英子在寝室里整理今天的《哲学》课堂笔记。"

"喔。"我心里十分地欢喜与满意。

从今天开始，我才真正感觉到我已不再是师专的局外人，不再是远离家乡省城的孤独人。我开始步入我的教学生涯之中。我也走进了师生互动的校园生活中，在这种生活中，我会感受到纯洁、美好、敬重或爱情……

# 1983年3月7日

今天上课，我没想到科主任禹达夫坐在了教室后面讲课。他听完第一小节课，脸露喜色，用他宽大有力的右手掌拍打着我的肩膀说："小普，不错啊！课就这么上下去！"

得到领导的肯定，我有一种窃喜。

唯有知识、学问才使人有力量并使人获得尊严和崇高的美感。这是我初登讲台开始做大学教师后的感受。

课后，我向科主任请教并了解这个学校的基本情况及师专学生的大体特征。禹达夫很耐烦地向我娓娓道来：

这个师专嘛，原来就是你就读的湖湘师院的一个分院，叫岳陵分院。它是文革中创建的。高考恢复后的第三年更名为岳陵师专。师专的人啦，总的来说不是做学问的，大多是谋生挣碗饭吃的。这里有学问的人不多，更谈不上有什么大师。绝大多数教师是文革中的工农兵学员毕业分配来的。职工家属呢，农村调进来的特别多。说白了，这里还是一个农村。幸好高考制度的恢复，才分配来了几位像你们一样的七七级、七八级大学生。啊，确实大不一样啊，你们有真才实学啊。是你们给师专送来了一缕春风、一股活力、一种学术氛围。但由于这个学校旧的不学无术混日子的顽固势力的存在，有才学的人包括你们这样优秀的年轻人往往站不住脚，也就是不被老教师群体所容。所以啊，你初来，一定要夹着尾巴做人。千万不要跟老教师顶撞，更不要对着干。你先把关系处理好，然后才是做学问。我是很不容易去年才当上科主任的。我承认我学术水平不高，也没什么大学问。说白了，我就是一个生产大队长或车间主任。我有自知之明。我就是为科里全体老师服务的。至于学生嘛，就是个专科生，三年制，主要来自全省各地县，省城来的学生很少，我们科还没有一个呢。他们的普遍特征是：高考分数不高，却心比天高。内心自卑，却又心高气傲。年龄偏小，学习习惯不好。当然，他们中也确有个别年龄稍大的，也是极优秀的。你若不会上课、没点本事，他们会很看不起你，甚至对你很不礼貌。

听了科主任的介绍，我心里还真的是一惊。但让我踏实的是：禹达夫还是个爽朗而透明的领导。我觉得他合我的口味。

我进一步向他了解学生毕业分配的事。"你问这个做什么？与你有关吗？"他突然脸色严峻起来，刚才的温和似乎全不见了。

"学生里面也有可能留校的吗？或者分配在岳陵市的多不多？"我不管他的脸色如何，还是好奇地问。

"唉，你是不是考虑对象的事？对了，你有女朋友了吗？"禹达夫的脸忽又多云转晴天。

"主任，我以前的女朋友全都飞走了，就是因为我毕业分配到了外地。我没有对象。"

禹达夫似乎明白了什么，"我警告你：你可别跟学生谈恋爱！到时候即使有学生可以留校或分在岳陵市，我也不会照顾你的！师生恋，影响太大、太坏了！弄不好，身败名裂呀。我答应你：其他任何方面我都可以照顾你，但这个我可不能答应你……"

"为什么，科主任！我又不是与学生乱来。我是堂堂正正的想恋爱。我没有一个对象或女朋友在身边，怎么能安心在师专教书？你回答我？"

禹达夫一时似乎又无言以对，就轻轻对我耳语了一句："这样的问题不能声张……今天不谈……过些时候我悄悄找你谈……"

禹达夫情绪与表情的上下翻转，让我感觉他一定不会是个老派、守旧派。他一定会灵活处理我的诉求的吧。

# <u>1983年3月12日</u>

现在，我没有什么欣喜，也没有什么痛苦。毕业分配带给我的愤懑也似乎在渐渐褪去。我必须学会随遇而安。

我渴望幸福，尤其是情感的幸福。没有情感的生活，对我而言是走兽的生活、植物的生活。作为人，我需要情感的抚慰。我需要爱情。可我的爱情在哪里呢？我有过爱情，可是面对世俗与残酷的毕业分配，脆弱的爱情经不起一点风雨，它竟飞走了，烟消云散了。女人啊，你的本质是什么，我怎么一点都不懂呢？但我始终相信生活中是有爱情的，不是她，就是她。不是彼，就是此。我对爱情有着偏执的向往，虽然我现在并不知道这个"她"究竟藏在哪里。但我想去发现她，寻找她。

现在，我感到一种少有的安闲与宁静。教学任务并不重，一学期就教两个小班，合成一个大班上课。一周二次，才四课时。学校四周的田园风光非常美丽，它带来一种纯朴的清香。大自然的幽美景致抚慰了我那伤痛的心灵。

我无论如何没有想到，大学毕业分配我竟被双层抛弃：我是省城人，被分配弃于岳陵。我有过爱我的女人，可由于毕业分配，竟离我而去。冬小眉是我深爱过的女人，我与她在农场相识。我与她之间有一些难忘的故事。好在这一切都过去了，也结束了。她不愿接受我毕业分配的现实，由是，我与她的爱情也就打上了休止符。哎，女人，你们就是最现实也最物质的动物！你没有明白到底什么叫爱情。谁明白？她在哪？我只能等着。

这里的一切是安适的，其实是适合读书、教书和做学问的。一所真正的学校就应依傍大自然而远离都市。我居住的青工楼下面是一个临时印刷厂，后面是星罗棋布的小湖，它有一种天然的静穆。我喜欢叫它后湖。我看到这片湖水就感到了宽慰。南湖的美丽抚慰着我双层的创伤。虽然我至今还没有找到真正属于我的爱情，但我在走近学生……

我的痛苦、愁闷将会云开雾散吧。我在渐渐地享受着一种纯美、欢慰的感情。我在喜欢着我的学生——潘英子！

# <u>1983年3月13日</u>

今天很愁怅，借诗行以抒发：

英子，你为何不理我？！

我蓦然地抬头
迎面逢着了你。
可是，你却没有理会我
而是双目忧郁地　远视着前方。
英子，你为何忽然不理我了？
你分明看见了我，你从那条小路上走来
我远远地看到
你的美丽的脸庞
你的两尾齐肩的短辫！
你的神形忧郁又庄重

你的眼眸闪闪发亮。
你好像在理性地思考？
一忽儿仰头，
一忽儿俯首。
难道是你的同学在你身旁
你不便于喊我？
还是，你害怕我火一样燃烧的激情
会酌伤你的单纯，且让你
感到太过突然，又太过陌生？
喔，哟，
我分明看到：
你走近我了，可你的目光却望着别处
可是，你那倏忽绯红的面颊
又说明了什么？
我真的，真的，看到你的脸上
好像，确是，藏隐着一种少女的天然羞涩！
我不理解
你为何假装不理我？
是因为我在走向你——你也较早地发现了我
而我却较晚地看见你
你才自尊地仰起你的头，故意把目光移向远处？
如果是这样，
我请求你原谅
原谅我没有较早地发现你
因而，没有向你示意。
或许：
你发现了我，也想招呼我
但你身边有同学，
她们一左一右在你的身边
你怕她们看出你我之间微妙的情愫
以免遭来闲言与碎语

所以，你才含涩地

回避了我灼灼的目光。

倘若是这样，

我将有千百倍的欢欣

我将有不可压抑的幸福柔情

要知道：

你的形神有多美？

你的容貌有多清丽？

你的行止有多温雅！

你的一切好像都是美的化身！

你就像一个天使精灵！

从我第一次看见你

你就闯入了我的心里，

潜入了我的灵魂。

我要珍惜着这爱，或许是奇怪的爱

但我的内心，总充满不可捉摸的疑虑与虚空……


我为潘英子写下了第一首诗。就在这午饭后的时分。我私下里叫她"小妹妹"。卓亭亭告诉我，她入校才17岁。她与潘英子同届，潘英子难道也只有17岁？

# 1983年3月13日

课下，我又迎面见到潘英子。她是一个人。她主动喊了我。


你笑了！


你那带着胆怯和尊敬的一声称呼：普老师！

顿时使得我心花怒放。

你那嫣然一笑，

即刻将我的疑虑驱散。

当我以默默含笑回答你的惊喜时，

你却含羞而快步地擦过了我的身旁……

　　英子对我笑了，但她没容我对她说话，就走开了。你是独自一人，为什么要那么快地闪开？这是下课的时候，我最后离开教室，她也是最后离开。双目以对，你为什么又要那么快地离开，而不留下与我说上几句话呢？你最后离开教室，我也是最后离开教室。你不是有意要与我相见，并说话？女孩子的内心，我难以琢磨。

# 1983年3月14日

　　我想问问卓亭亭，她对我最近一段时间教学的意见与看法。我把她单独叫到了我的单人房间里。她对我说："我们每次都会等盼着你的《哲学》课。你上课有激情，有见解，知识面宽广。同学们都喜欢听你的课。""难道就没有缺点与不足吗？"我反问。"你的缺点是课后与学生交流太少。男生反映你几乎没跟他们有交流。他们希望你上课时是老师，课下时应是朋友。你完全可以与他们玩在一起嘛，如一起打篮球、踢足球或散步。大家年龄都差不多嘛。""女生对我有哪些意见？""大家都喜欢你。你年轻，有活力，又是省城人。但有些女生不敢跟你打招呼或说话，说你骨子里清高或骄傲……""这是英子说的吗？"

　　"是饶琳。高丽亚也这么说你。英子却是敬畏你又敬佩你，哪敢跟你多说话？饶琳说你从来没对她笑过，尽管她上课总是坐前排。你眼睛里好像根本没有她的存在。""饶琳是跟英子同桌的那位么？""不是，与英子同桌的是马金娥。""喔，那我下次上课时注意一点。对了，你说英子敬畏我？！"卓亭亭笑了："老师，潘英子好怕遇见你，但她又是上课最认真听你课的人。这是马金娥这么说。我也这么认为。"

　　我心里一惊，又精神一振："卓亭亭，我问你一个不知该不该问的问题？""老师，你说。""你觉得老师可以爱上学生吗？也就是说，师生可以恋爱吗？"

　　她的表情一下子严峻起来，认真地看了我好一会，一幅惊讶莫名的样子。我此时也不敢直视她了，就故意在房间里独自踱步。"老师，你爱上谁了？"她很认真很讶异地问我。

　　"你先说师生可不可以相爱，然后我再告诉你。当然，你必须保证为我保密！”

“应当可以吧，只要双方是真心真意的吧。你也比我们大不了几岁，又没结婚。但前提是：你必须是没有女朋友的。”她凝视着我回答道。

“我以前有过女朋友，但她们都离开我了。我现在没有女朋友！”

“你肯定？！”

“我肯定！”

“喔。那你喜欢上谁了呢？”

“我不敢说。”

“是我们班的么？”

“我不能说。”

“老师，你千万不要一厢情愿呀。否则，你会闹成大笑话的。”

“正因为我不知道她是否也喜欢我，所以我什么也不能说。”

“老师，你是喜欢高丽亚吧？你回答我！”

我拒绝回答，不想给对方继续打听我情感秘密的机会。

“老师，那你觉得我怎么样？”她很认真地望着我。

“你多大？”

“不是告诉过你么，17岁。不过，很快就满18了。”

“你不认为你太小么，还不是恋爱的年龄吧。”

“我小么？我们班女生很多都是17岁入学的，现在满了18的也才一半吧。你要喜欢我们中的哪一位，反正都比较小。你不会认为我们不懂爱情或不懂事吧。”

“小是小了点，但我也大不了你们太多。说起真正的师生恋，我与你们的年龄差距不是问题。鲁迅就大了许广平许多。瞿秋白也是杨之华的老师。沈从文追求张兆和也是师生关系。只要感情是纯洁的，我是不怕任何舆论的。”

“老师，你把自己比成鲁迅瞿秋白沈从文了。你太骄傲自负了……”她说完就夺门而出，跑了。

## 1983年3月15日

我昨天与卓亭亭的谈话可能太冒犯，或冒险了。我泄露了自己的内心……我太蠢，也太着急了。

可我控制不住自己，今晚，我又把高丽亚叫到了我的房间。我当然不能再与她谈这类问题，我只是单纯地询问她的学习与读书爱好及兴趣点的问题。

她7点钟如约而至。她很快活兴奋的样子，个子有点高。她是班上的团支书。我先问她班上同学对我教学的意见。尤其问男生对我有何评价。

她忽然说："男生不喜欢你！"我一惊，问为什么？她说："你自己心里清楚。"

我清楚什么呀？我做了什么呀？我让男同学讨厌我了？

"普老师，你今晚单独找我有什么事？直说好吗？"

"没有什么事，就是想问问你学习问题，喜不喜欢上我的课。另外，你课外阅读最多的是哪类书呢？"我有点遮遮掩掩的样子。

她说："我不喜欢哲学。我喜欢经济学。我的重点是读中外经济学著作。我也喜欢历史……"

我对她表示了肯定。然后，我试探性地问她关于对师生恋的看法。她很严肃地对我说："我是坚决反对并讨厌师生恋的。它从本质上是不公平、不对等、不道德的。我本人也决不会与哪位年轻老师搞恋爱！还有，如果老师是男的，这对学生中的所有男生都是很不公平的。试想，哪位男生能真正竞争得过老师呢？这简直就是在男生中抢他们的女朋友！普老师，你能明白吗？"我背上一阵发凉，额头也有了涌动的汗珠。

高丽亚忽然又对我笑了。"老师，你也没必要那么紧张。你若真没女朋友，可以找一位师专的年轻女教师嘛。你如果实在想找女学生，就找外语科的女生吧，她们放得开一些。我们班的女生都十分地拘谨。弄不好，会影响我们的毕业分配的。老师，你懂吗？"

我忽然明白了什么似的。这些学生妹，别看年龄小，什么都看得明白呀。她们并不幼稚，不是小孩儿，不是黄毛丫头。我心里想。

"老师，你还有什么问题么？"她似乎有点不耐烦，不像刚进门时那般兴高采烈。

我只好跟她闲聊，问她家住哪，家里有几口人之类的不着边际的问题。

她提出要走，还要去图书馆做作业。

我只好让她走。她走后，我都莫名其妙自己为什么又找一位女生单独来我的房间聊天。我为什么不是叫男生来聊天呢？

老师与学生谈恋爱，不符合教师职业道德！师生恋也肯定会搞得满校园风风雨雨。我怎么一到这所学校，就有这么蠢笨的想法？我从两位女生的分别谈话中，直觉到：我必须放弃我的想法！

我不能去爱潘英子！我更不能去主动追求她！

我开始后悔让卓亭亭知道了我的内心。我狠狠地在心里大骂自己一句：普少翱，你好蠢！你好不成熟！你好幼稚！你说你曾恋爱过？你在恋爱上其实还是一张白纸，一块白板！

# 1983年3月16日

今晚，我为了证明我不是只对女生感兴趣，我把男生柳亦农叫来了。我发现我只是喜欢单独与学生对话，无论男女。我不会同时叫两位或三位同学同时到我的住处来聊天。柳亦农是班长，个子瘦高，长得很帅气。

我问他："同学们对我的教学有什么反映，好的和不好的都可以说说。"他端坐在我给他坐的椅子上说："你讲课的速度太快，许多同学记不下笔记；你上课的表情有时太严肃，有时又太活泼即笑得太灿烂了点。""喔。没有优点吗？""你讲课时思惟活跃，举例生动，不照本宣科。""喔。柳亦农，你是哪里人？""我就是岳陵人，岳陵县的。""你在班上谈恋爱了吗？""没有，我现在不谈恋爱。我要争取政治表现好，学习好。我要争取留校。毕业留校是我最大的愿望。留校了，我再考虑这个事。""有女同学追求你，怎么办？你是班长，又长得帅。""现在谈恋爱很不现实。毕业后都不知分配到哪里去呢。况且，也没有女生追我啊。有的话，我也会躲着的。""柳亦农，你会大有出息的！你一定会留校！"我居然给了他这么肯定的评价和对他毕业的预判。

"老师，你找我还有什么别的事吗？""柳亦农，别急着走啊。你多和老师说说话。我一个省城分配来的年轻教师，我又不认识几个师专的老师。我很孤单。你就多和我说说话吧。""老师，我们的学业任务重，大家都在忙学习。你最想问什么，就直说吧。"

我就瞪着眼睛问他："班上有男女同学相互谈恋爱的吗？""啊呀，有呀。金钟就在追求潘英子。"

我一惊。金钟？金钟是谁？他是哪里人？

"金钟也是德山人。但潘英子好像很烦他，大概是不怎么喜欢他吧。"

我像忽然获得了重要情报似的，但我又不想把自己的隐秘心思轻易显露在柳亦农面前。我马上岔开潘英子这个话题，"喔。那班上还有别的恋爱对子吗？""班上有一对已是公开了，但我不便告诉老师你他们的名字。另有一对正在地下活动……"

"柳亦农，你了解的情况蛮多啊。"

"我是班长嘛！"

送走柳亦农，我在想：有男生在追求潘英子，我要不要继续喜欢或者追求潘英子呢？这样下去，最坏的影响和结果会是怎么样呢？设若我的追求失败了，闹了个天大的笑话，我将如何收拾残局呢？

英子，她到底会喜不喜欢上我呢？或她最终会不会接受我的爱情呢？我要如何与她增进彼此了解呢？她对我的印象到底如何呢？她的真实内心会是什么呢？我皆一片茫然。

但是，校园里、课堂上，她好几次见到我或眼神相对脸红又羞涩，这到底是一种什么情感呢？我像研究学问、思考哲学问题一样，想把这一切的一切都搞个清清楚楚明明白白。

## 1983年3月18日

今天，收到了父亲的回信。

少翔吾儿：

日昨接到你的来信，阅后全家从内心里感到无限的喜悦。你上好了第一课，站稳住了师专的讲台，成为一名大学教师，这是多么光荣和不容易的事啊！爸妈为你高兴、骄傲。你的上进努力像一股暖流温暖了全家。

有了好的开头，必有良好的结尾。岳陵是祖国的一座历史文化古城，历代许许多多的伟大诗人都为她留下了千古不朽的诗章。"先天下之忧而忧，后天下之乐而乐。"先大家而后小家，这是多么可贵的精神与襟抱啊！

　　你要安心岳陵，热爱岳陵。一切从零开始，用三个五年计划来实现自己的目标，为祖国的四化建设人才培养作出贡献，并为提高教学素质继续努力。

　　父亲读书不多，但有一本书中的箴言一直记得："一切苦难、逆境都是神灵的安排，自然律的安排。不要愤恨，也许他们是自觉或不自觉这么做了。"这是古罗马一个皇帝哲学家在《沉思录》中说的。

　　放下对命运的不公，接受它吧。放下爱情，以事业为重。不断进步！

父母嘱3月16日

　　父亲啊，您的话我都懂，说得对，也很正确。可是，我对命运不公的情绪一时实在难以平复。先不说毕业分配，就说爱情，一个女孩怎么只有男孩腾达她才会一往情深，而他跌入低谷走入不幸她竟然会吓坏胆掉头就跑了呢？这是我最不懂的！我因此也对小眉怀着愤恨啊。我有着双层的愤恨。

　　至于我是怎样被分配来岳陵的，可能也与父亲在我大学毕业前家长座谈会上说的一番话有关吧。系领导初拟把我分岳陵。父亲说："是党培养了我的孩子上大学。在毕业分配的问题上，我们不能向党提要求、讲条件。"父亲也许是想用这种真诚质朴的语言感染系领导，以让她对学生家长有个好印象，从而考虑我的留城请求。可那个钱玉珍书记心里早有她的毕业方案及小算盘，所以，她正好顺水推舟把我逐出省城，还说这是我父亲的态度与革命觉悟。这不是欺负人吗？！这个系总支书，哪配代表党？坏透了。

　　我知道，我恨她骂她，可能是一种个人情绪，但她给我的感受就是一个怀有私心的领导。她不配当系党总支书记！我不想说她了，想到她，我就愤恨。

　　我还是听父亲的话吧，我非常尊敬我的父亲，哪怕他是好心办了坏事，我也不怪他。我的父亲没有社会关系把我留在省城。他只不过是一名普通的劳动工人。但他是肚子里有墨水的文化技术工人。他的修养境界远高于那些达官和有权势的人。

　　我要安心岳陵，怎么安心？我必须在这里找到爱情。有爱情，我才能在岳陵安心。对待爱情，我不愿再被动以待。我要主动寻找。这是我小小的任性。

　　看完父亲信并思索一阵后，我独自到校园外的"三眼桥"散步。我远远看见高丽亚在桥上。她在桥栏杆边观看桥下的流水。

　　"高丽亚，你一人在这里干什么呀？"我老远就朝她喊。她看见了我，圆圆的脸，泛起两个小酒窝。她笑了。"普老师，我好喜欢这桥下的三行水流。它们清澈、明晰，就像三个同行的好朋友似的，亲密携手顾盼相互欣赏又欢喜地一同向前走去，最终融为一片水域。个人与集体就是这种关系。我每次看它们流动，内心都有一种激动。可我就是不能把这种心情用文字很好地表达出来。我好遗憾啊。"

　　我也站在她近旁观察那流水，"是啊，这就好比是生活，是人生。我们总要有二、三几个清流一样的好朋友一同前行。相互温暖，相互给予，一起走向精神的共同高地。所以，我们的生活中是离不开朋友的。高丽亚，你在班上有哪几个好朋友呢？"

　　"我既没有特别好的，也没有特别不好的。我与同学之间都是一般般关系。尽管我是团支书，也算一个头，但同学们好像都不怎么听我的。所以，有时候，我觉得我好孤单的。孤单的时候，我就会一个人来这三眼桥上走走，并看看流水呢。"

　　"你多叫几个同学一起来看啊，叫卓亭亭，叫英子嘛。"

　　"老师，你也喊英子啊？你应当喊她的名字吧。"

　　"喔，是的。英子不是我喊的，是你们喊的。反正就是潘英子吧。对了，你刚才说'不能把这种心情用文字很好地表达出来'，那你关键是要多读诗歌和文学作品。读多了以后，就尝试写写。比如你可以先写写日记。"

　　"老师，那你写日记吗？"

　　"我在写《南湖日记》。"

　　"你的日记可以给我看吗？"

　　"私人物品，不方便吧。哪天它若变成了公开物，你就能看到了。"

　　"日记怎么能变成公开物呢？你又不是鲁迅。"

　　"是的，我不是鲁迅。所以，你看不到我的日记。但有一种例外，那就是你假如成了我的女朋友……"

"老师，我说过我不会做你的女朋友。但我们可以做好朋友。以后，我常叫你一起来看这三眼桥的流水，好吗？"

"好啊。但你还是多叫上几个同学好。"

高丽亚忽然一扬脸，抛下我就快步地走开了。

# 1983年3月19日

我沿着青工楼外的小路，再上右侧一个小坡，看见一栋栋红砖矮平房。那就是女生宿舍。我走在小树林下的小径上，向校门口方向去。当我经过第二栋平房时，我心里说：英子就住在这栋平房里。我的心好像被那个精灵抓住了一般，真渴盼能看见她。巧！My God! 感谢上天，她真的就出现了——我的小精灵！她正好从宿舍门内走出来，手上拿着一件衣，往小路这边走过来。我只好立在原地不动，看她是去做什么。喔，她是去两棵榆树之间绕一根绳并晾衣服。她显然没有看见我。我本能地退了两步。当她把衣晾好，侧转身来，她发现了我！

"普老师！"她叫我，同时，她那清丽的瓜子脸庞上露出了一缕春风般的笑意与惊喜。

"噢，潘英子。"我故作平静地回道。

她怯怯地走了过来，有一种呼吸的喘喘声。她只是望着我，脸上露出那种既羞怯又动人的微笑。真是春风春光般的微笑啊。她好像有话要说。

我也专注地望着她，"你还好吗？"

"老师，我很好，我很好。"她还是那种怯生生的样子。

我就"噗哧"一下笑了，"英子，别紧张。方便跟老师说一会儿话吗？"

"老师，你有话，你说！"她的两只手在胸前交织，很拘促不安的样子。

"你上课怎么从来不向我提问，只是埋头记笔记？"

"我是想把你的每句话都记下来……"

"这没有必要吧。你只要专注看我听课就好，记不记笔记不重要。但提问很重要！"

"喔。我不敢给你提问。我怕给你提问……被你笑……"

"有什么好怕的？我怎么会笑你？学问学问，既要学，又要问。"

"对了，老师，听说你喜欢找一个个的同学谈话，但你没有找……"

我就笑了。"找你？我是……不敢啊……"

她一下就开心极了的样子，"这又是为什么呢？老师，你也胆小啊？！在省城湘江大桥上那次，你不……胆小……"

"师生有别嘛。而且师道尊严，况且……人多嘴杂……"她似乎听明白了什么似的，就与我相视无语，无语，还是无语。但随后，我俩又都会心地笑了。我准备离开。她忽地告诉我："普老师，刚才在科办公室里有一位女同志找你。应当还在那里，你快去！"

"喔，你刚才从那儿回来？"

"是的。我从那儿回到寝室，就出来晒衣了。"说完，她便嫣然一笑转过身去，跑了，留下她一个娇美动人的背影。

我一直看到她的身影闪进她那张门内，才略有怅怅不舍地离开。

我来到科办公室里，原来是小眉从省城来找我了……

# <u>1983年3月20日</u>

我昨天把小眉当即就打发回了省城。

她问我："给你写信，为什么不回信？"

"我没收到。"

"我写了三封，怎么没收到？至少收到一封吧。"

我把她拽出科办公室，对她说："我们的爱情已死。我爱上了岳陵。我不会回省城了。我现在已经有了新的爱情。你走吧！"

小眉很惊讶的样子，也极其失望。她一甩手："你会后悔一辈子的……"

我反问她："你难道是想来岳陵与我过一辈子？"

她说："我来找你，不是我要来岳陵跟着你。我是要在省城等着你，等你调回来……"

我告诉她："我不想回来了。我在这里有了心上人。"

"你自欺欺人！爱情没有这么简单。爱情没有这么容易就能建立。"

"你想怎么样？"

"我想你考研究生，考回来。或者，你尽快调回来。"

我告诉她，"事情没那么容易，而且，我也不想考研。我不想回省城了。我爱上了这里。"

她知道我搪塞她。她可能还知道我是在报复她，或惩罚她。惩罚她在我大学毕业前的犹豫与离开。

她一时说服不了我。我和她之间的爱恨也不是简单几句话可以说得清楚。我现在不想回忆与她的过往。我只想重新开始我的生活和我新的爱情。我在痴心地爱着我的学生潘英子……

## <u>1983年3月27日</u>

我把现在居住的地方比喻成卢梭《一个孤独散步者的遐想》中的"退隐庐"。这栋青工楼只有两层，方型白色建筑。它傍在水塘的东岸，与水塘中"白屋商店"遥相对望。我独自住在二楼面西的一间房内，约12平方米。我住所的四周都是田园、山丘和小湖泊。师专远离市区，更远离省城。每到夜晚，它变得十分的宁静。水塘不时传出蛙声，使夜显得更加的静谧。

我在回望我的青春奋斗之路与爱情之路，以便让自己能清醒并轻松地对待当下的选择与追求。我离开那个冬小眉或说她离开我，正是大学毕业分配之时。当时我有两种结果：其一是留校或留在省城。其二就是去岳陵。她整天说害怕我分出省城到外地去，更无法想象和接受我分配去岳陵。我理解她怕我回到下乡的岳陵地区，因为下乡岳陵的两年对她也是一场噩梦。她好不容易招工回到省城家乡，现在又要她跟我去那个地方，心理上是抗拒的。其实我也是抗拒的，但我在她面前我必须镇定并作好去的心理准备。而且，我也把这次毕业分配当作对我俩爱情真假的考验。她以前考验过我，我经受了考验。现在我正考验着她，她最终表现得担惊受怕又迟迟疑疑。于是，我告诉她："我们分手吧。系领导说'从哪个地区考来的，基本就分原地区去'。我从岳陵地区考来——尽管我是知青，但我回避不了回岳陵。"小眉不再说话，也不再来我家，也不再找我，直到我果真分配去了岳陵。

　　系领导中是女人当权，玉珍是系党总支书记。毕业分配有一个三人领导小组，玉珍是组长，另两人是系主任和系副主任。系副主任为我说话："普少翱是系团总支书记，为集体做了不少工作。他家在省城，是知青下放在岳陵地区。他有恋爱对象在省城，可否考虑他留校或留省城？"玉珍说："不能让他留校。留省城也不行！他是共青团干部，还写了入党申请书。竟然是他第一个向我提出毕业分配要照顾的。这太不像话啦，一点思想觉悟与境界都没有。还是团干部，还要入党？这样的人，就要让他离开省城，哪来哪去！"当我知道最终的凄惨的分配结果后，就立马去找玉珍。玉珍一扫往日对我的温情笑脸，大声喝斥我说："你应当带头去艰苦的地方！坚决服从党的需要和分配！你爸也说了，你是党培养的一名大学生。你不能向党提要求！况且，留在省城的名额有限！"

　　我哭着求她，别把我分去岳陵。我在岳陵滨湖农场作为知青也锻炼了一年。我的知青女朋友在省城，她不想我去岳陵。我在省城任何一所学校，哪怕小学都行。但钱玉珍还是残酷地拒绝了我，而且，她没有对我做任何细致的思想工作，方法极其粗野。

　　玉珍为什么要这样对待我？当初也是她要我做团总支书记的。我做了大量团的工作，她也是肯定的和高兴的。难道就是因为我向她提出毕业分配要求，她就忽然对我反脸？我后来了解到，是因为有几位权势背景的同学通过各种权势人物向她游说"关系"，要把另几个同学留在校内和省城。而她自己的两个小孩也面临找工作和升学的忧虑，她想从这毕业分配中做一笔"关系交易"，因而，她就决定牺牲我而成全别人。她以"左"的面目而实行卑劣的私欲勾当，这让我的心寒冷透了。

　　我既毕业分配失意，爱情又让我失望。我愤怒的并不完全是小眉吧。她有她的选择。她没有义务要陪我来岳陵而与她的父母分离。她也没有责任一定要与我把爱情进行到底。她的爱情是现实的，自有她的道理。但我万分愤恨的还是那个玉珍！她是一个虚伪透顶的共产党员！她是一个丑陋的大学系党总支书记！她利用了年轻人的热诚和纯真。我被她骗了。

　　我是带着这样的情绪来到岳陵的。所幸师专的自然环境慢慢平复了我内心的愤怒。我也有幸摆脱了那烦恼的爱情，因为我现实的生活境遇不能满足她的愿望。

　　我现在是自由的。我是自由自在的。我不想别人可怜我。我尤其不想

让曾经的爱过的小眉可怜我，或为我作出什么牺牲。我可以尽情享受这里大自然的美与温情。美丽的南湖接受了我，所以，我把这儿比喻为我"精神导师"卢梭的"退隐庐"。

如若我还能在学生的尊敬与友中意收获些什么，我将是万分的幸运与无比的幸福！我打算在这里安心教书。我工作、看书、散步、画速写、吟诗、观赏大自然……这里的一切会构成我丰富的生活乐章的吧。

呵，青春，你多么美妙，你正风华正茂！少翱，你虽然还没有知友，但只要你不放弃，你一定会收获你的友情和爱情的吧。你的心中有爱，你就会永远年轻！

# 1983年4月1日

我在梦中。醒后，我记下我的梦。

一个叫田华的女孩愿意跟着我来岳陵。我不是没有追求者。她就是一个。

田华早就说过：无论我大学毕业分配好与坏，是留省城还是去外地，她都坚定她的心。我曾被这样的豪言深情感动过。但为了小眉，我没有接受田华的真情。

现在，田华也来找我，"既然小眉不爱你了，我愿意跟着你……"

梦醒后，我觉得很奇怪。田华并没有来岳陵找我啊。我与她有过一周的纯真恋情，可惜有缘无分，无奈分开。

让我奇怪的是，我怎么会做上面这个梦呢？她要是来了，我的潘英子——亲爱的英子怎么办呢？

确切地说，冬小眉、田华或许算我过去的二位女友，但我也只对小眉动过难舍之情。我与田华只是一场柏拉图式的精神之恋。小眉的爱是现实的，是我主动选择离开。尽管她想再找回我，但我不想回归她的怀抱。

流逝的水去了就去了吧。一个叫英子的女学生现在已经占据了我的心。我要对我的这位"新人"负责！

# 1983年4月4日

课堂里，潘英子还是坐在那儿个位置。她听我的课，时而窃笑，时而凝神沉思。我喜欢她那好学的样子。平常，是马金娥与她同桌，今天则是饶琳坐在了她的左侧。今天，还见鬼了，金钟竟坐在了她隔着走道的右手边！

这个男生，要承认他长得很好，结实，爱好体育，成绩也不错，只是个头矮了一点。他和英子都是团员。有趣的是，他老是在班上说："我和潘英子是小学同学，还是中学同学！""我和潘英子是同时加入少先队的！""初中，我还和她是同桌。" "我爸爸和潘英子的爸爸是战友！""我和潘英子一直就是读同一所学校！现在又是同一所师专！""更有趣的，我和潘英子也是同一批加入共青团的！"他似乎是要造成一种强列印象——他是英子的守护人，或男朋友。我曾听同学说，他们上其他课，若老师向潘英子提问答不上来，金钟不论坐在哪个位置，总要抢着代替她回答。

英子当着全班同学的面，对他说："谁和你同一批入少先队？！""谁和你同一批入共青团的？！""你是不是还要说，大学你也与我是同桌？！"

今天，金钟虽然与英子隔着一条走道，但他确实坐在了英子的右边。他确实是在做给全班同学看，或许也是在做给当老师的我看。

潘英子其实很烦他，也老在躲避他。可金钟还在说："我和你不都是德山人吗？""我和你不都是1965年6月出生的吗？"他在寻找一切的所有的与潘英子的共同点，目的就是要爱上她，并把其他的追求者都赶开。

潘英子气得满脸涨红，她向我举起了手："金钟私自换位，强行坐在我右手边，严重影响了我听课的心情和做笔记的效率！"

面对这样的场景与问题，我一时也手足无措，不知如何是好。迟顿了一会，我说："金钟同学，你应该要学会尊重女同学！"

他跳了起来："普少翱，你没有资格说我！"他竟直呼我的名字？！我气得浑身发抖。我走下了讲台，走到了他和潘英子的面前。

"金钟，你说我没资格说你？你是不是学生？我是不是这课堂上的老师？"我质问他。

"你是老师？你像老师吗？你心里对某个女学生打着某种主意，要不要我说出来？"金钟的话把我逼到了十分尴尬又面红耳赤的地步。

"老师就是老师！老师这是在上课，我们人人都必须尊重他！至于感情方面的事，各人有各人的选择和自由。老师也有他的自由，只要他没有影响他的教学！金钟，我请你马上安静，否则，全班同学会对你不客气！"一个彪形大汉的男同学如雷似吼地跑过来说话，他明显是在保护我！

金钟立马安静，也埋下了头。

我满额是汗地讲完了这堂课，我都不知自己到底讲了些什么。我只知道我当时的脑海里像苏格拉底被他的泼妇老婆泼了一大盆冷水一样，我此时就是那个尴尬的苏格拉底！

今天我记住了救我的这位男生，他叫陈科举，汨罗人。他的身上一定流躺着屈原加项羽的混合血液。

回到寝室，我已不想课堂上的羞辱。我只想：潘英子到底喜欢不喜欢金钟？！

我的感觉断定：潘英子不会喜欢金钟！潘英子一定是心中有我——普少翱！

金钟仍坐在潘英子右边的座位上，只是埋下了头。可英子始终没有搭理他，而且也觉得在课堂里丢了脸。她有意避开他，下课就跑开了。只是金钟下课后眼睛仍怪怪地看我。我再也不敢去招惹他。

# 1983年4月5日

午时，我突然发现英子与饶琳在我青工楼的平台上玩并向我这边张望。我急忙喊："潘英子，饶琳！"她俩同时望向我。

"你们怎么到这里来了？是特意来找我的？"我笑着问。"我们只是来走走，但也想跟老师你说说话。"饶琳说。

"我俩就是好奇你，顺便来玩一玩。"潘英子有点羞涩地说。

"上我房间里坐吧。"我发出了邀请。饶琳望着潘英子。潘英子头一低，笑了一下。她俩来到了我的房间里，只是在四面墙上观望，也不找地方坐。进门的右侧墙上挂满了我画的速写，还有一幅临摹柯罗的素描风景画。靠窗的西面是一张黑漆大书桌，上面整齐地摆满了一长排立着的书籍，两头用两个铁皮书架夹着。左墙边是我的单人床，挂有白色的蚊帐。

我让她俩坐在我的床沿边，我则坐在书桌旁的椅子上。

"老师，昨天课堂里发生的事，你不要介意。金钟就是一个有毛病的人！自以为是，一厢情愿……"饶琳说。

"他有什么病？"我故意问。

"他有一种心理学上说的典型的妄想症……"饶琳这一说，我就明白了。

我想了解英子对金钟的看法，"英子，你说点什么吗？"

英子说："老师，我是6月1日满18岁。金钟确实也是6月满18岁，但我们不是一天的。我和他，什么都不是。他就是一厢情愿。我妈要我一心学习，不许谈恋爱。老师，我是不会谈恋爱的……"

我想点头，但又不愿意点头。

"先把学习搞好，争取有个好的毕业分配。也不要畏人言语。18岁就是成年了，可以自己主张自己的一切。"

我是既想鼓励她以学习为主，但也是想提醒她听从内心召唤，不要怕闲言碎语。饶琳在一旁补充问我："老师，你多大年龄了？能如实告诉英子么？"她在为英子问我吧。

我说："再过二十二天，我满25。"我心里想：我可比英子足足大了七岁呀！此时，我看着英子，她用一只右手捂着了嘴巴。饶琳也朝她眨了眨眼睛。

又有同学敲门了。英子与饶琳立马走了。我又迎接下一位同学的到访。

# <u>1983年4月10日</u>

当两颗年轻的心忽然激动地碰撞在一起时，双方是说不出话来的。这种激动全表现在他与她的眼神上、脸颊上。刚才，我忽然与潘英子相遇的那一刹那不就证明了这个事实吗？

我在心里面亲昵地叫她小妹妹，是基于她比我的年龄小许多，有七岁的距离啊。如果她不能成为我的恋人，我也希望她是我心中永远的小妹妹。

她的性格大方又沉静。她并不随波逐流又有自己的独立个性。她朴素无华而不追求时髦。她典雅而不风骚。她庄重而不妖魅。她坦然而不故献殷勤。她内心真挚而深沉，容貌娇羞而美丽。我爱她，喜欢她，完全是情不自禁，情不能抑……没有任何功利与世俗的考虑。

## 1983年4月14日

二哥与弟弟忽然来到师专，这让我惊讶又欢喜。这两、三天，他们给我带来了安慰、温暖与平和。我的内心充满欢乐。我们兄弟三人睡一个床，一起做饭做菜。我们还在师专周围的自然景色中一起散步并回忆爸妈曾呵护我们的童年点滴与往事。多么想回到我童年的至善巷去，与兄弟再一起玩耍、淘气和与别人打架。童年就在父母的身边与怀抱中，我哪有如今这么多的忧虑与困顿。可惜童年的时光永远飞走了。人，为什么要长大呢？人，永远停留在童年、青少年的时光里多好。我的家乡就在省城南门外的湘江河边。那里是我出生、长大、读书的地方。未料，我成年后却要下乡到遥远的滨湖农场。经过一场艰辛的高考拼搏，考回了省城的大学。读了四年，只想从此留在父母身边，不再远离。可命运却又把我逐向原来那遥远的同一个地区。我的这种内心，谁能体会？

昨夜，我们兄弟三人还兴致很高地在我楼下的水塘边捉起青蛙来。我们拿着手电筒，不时捉一个，又捉一个，捉了许许多多大小青蛙。多么生动有趣的一个夜晚，这是上天赐给我们兄弟的一次良机，让我们又仿佛回到童年里，享受着人间的至真纯粹的亲情。

我们还在一起玩了扑克。我大概有五、六年或更长一些年岁没这样玩扑克了吧。小时候，我还和兄弟或邻里小伙伴下象棋、军棋、玩弹弓。这一切，怎么全远去了呢！

成年的岁月，我的全部心思都放到了学习与奋斗上。今天，是我的兄弟告诉我，人生乐趣不全在书本上、爱情里，也多在生活之中。

兄弟今天下午乘坐161次列车回返省城。他们走了，我又陷入了孤单之中……

## 1983年4月17日

今天上午，大晴。我没有课。我知道英子今天此时也没有课。我渴望见到她的心不能压抑，内心驱使我大胆而又心慌地朝她住的小红楼走去。然而，我失望而归。当我走到她们宿舍门口时，劈面遇见了饶琳。我问："潘英子在吗？""她不在！"我立即止步，退了出来。

可当我回望小红楼时，我却看见潘英子躲闪在门后边，朝我探出了她的头和满面的笑颜……

她在朝我招手，而我的本能却让我停止了前往。

一定是饶琳妒忌我。我怎么就这么蠢，不能说："饶琳，你好。我是来看望你们大家的！"待我进去以后，我自然会知道潘英子在不在寝室嘛。

一个老师，怎么可以这么偏爱一个学生呢？何况是一个漂亮美丽的女生！我一定是违背了师德的一个重要原则：对学生应该一视同仁！

我要不是老师多好啊。我要是潘英子的学长多好啊。那样，我就可以理直气壮地去追求她了吧。

我羞于回返。只好对英子做手势，叫她出来！

她却不停地摇手又招手，示意我再进去。

这是我第一次去看她，却受到了不可理喻的捉弄。我的自尊心告诉我：我还是回去吧！

我掉转头，离开了潘英子，也拂逆了她的友好招手。

心灵啊，真是如此地不可理喻。我分明是想去会她，可为何我又退避了呢？

女孩啊，你们不是捉弄人，就是这般躲躲闪闪。而你们的内心又究竟是怎样想的呢？我不得而知。

## 1983年4月24日

师专月夜。

这是我今天这篇日记的标题。我要培养自己对师专的爱，以便让自己在岳陵真正安下心来。

傍晚，我独自漫步在校园里。教职工宿舍的灯光漫出来。女生宿舍的灯光漫出来。但都是那种桔黄的淡淡之光。教职工宿舍飘出的是厨房饭菜的香气。女生宿舍飘出的是青春的气息与清亮的爽朗读书之声。六栋低矮

的红砖平房在山坡上，我每每经过它的身旁，都会觉得有一种异香。我身为一名单身青年男老师，与她们遥望为邻，这是我的艳福。

圆圆的月亮在我的头顶上跳了出来。异乡的月亮怎么会这么圆啊！这是岳陵的月亮！这是师专的月亮。我为何独自一人在这月光之下？我往教学区走。图书馆、教学楼的灯光很明亮，泛出白白的刺目光芒。男生宿舍远一点，也是白炽光闪烁、波浪似地飘出来。那里有喊声、吼声和敲击脸盆的声音。看来，这是男生的青春躁动不安。这种躁动与女生的静谧形成多么鲜明的对照。

明月高悬于师专的夜空。月光洒落在校园地上的每一个角落，都是雪一般地皎洁。师专的夜是静的、明丽的、幽阔的。南湖水发出微微的波涛声。湖水有节奏地送过来层层水浪击打的巨响。我在月夜下看南湖。南湖的水是一片广阔的黑色幕布，又仿佛一张无边的黑色地毯。但细看，近处的湖水上却有一层薄纱似的白光。这南湖的水，越看越有一种神秘感。越看越有一种深沉。喔，伟大的造化。这是谁创造了它，让我眼前有这么一片淼阔的湖、深沉的水、黝黑的波涛？！宽阔的湖面犹如夜的胸膛，它却不能去亲近那高悬天宇的一轮明月！

我目前的处境也许就是这黑色的湖。明月啊，你何时能拯救我？又抑或掉落在我的怀中……

## 1983年4月25日

> 爱情犹如洞庭湖里的水波，你要不控制它，它会淹没你的志向、事业、精力甚至生命；要是控制得当，不让它泛滥，就会从它身上得到年年岁岁的丰收。
>
> ——周立波

> 真正的爱情就要把疯狂或近于淫荡的东西赶得远远的。
>
> ——柏拉图

> 爱和炭相同，烧起来得想办法叫她冷却，不然会把一颗心烧焦。
>
> ——莎士比亚

# 1983年4月26日

晚上，我决定还是去女生宿舍坐坐。我是她们的老师，可以理直气壮地去看望她们。我想和她们说说话。这次，我不会直接去找潘英子。我打算从她相邻的寝室进去。这次，我不是冲着潘英子去的。

当我走进女生寝室，她们都很惊讶。"普老师，你来了？你找谁呀？""我不找谁，就是来看看你们大家的。""喔，老师请坐！""老师请坐呀！"她们有的在洗碗，有的在背诵外语单词，有的已经坐在房中央桌子边自习了。

我来了，她们都看着我。我东一句西一句地问她们一个个问题，她们被我问得有点不知所措。两位岳陵市的女生大方点，坐我很近的方凳上。她们向我提了一些让我也颇难回答的问题。比如："老师，你有女朋友了吗？""你会调回省城去吗？""你下次还会来我们宿舍里看我们吗？"

我心不在焉地、搪塞地回答完她们的提问后，就急切地走了出来。我的眼睛不自觉地朝潘英子的宿舍望去，她竟站立在了门外！她看见了我！我也看见了她！她见到我那一瞬间表现出来的那种兴奋与快乐情绪是多么地慰藉和温暖着我的心啊！她穿着白色的衬衣，正欲在外面的水龙头处洗碗。"普老师！"她惊喜地叫我，脸上的表情有一种渴盼我走进她寝室的神形，并附带了一个下意识的邀请动作。

我怕像上次一样又被饶琳戏弄拒之于门外，就有点迟疑。

"老师，进来坐吧！"她果断地邀请说。

"好的。"我这才走了过去，进入了她的寝室。我第一次真正看清了她生活房间的全貌。寝室住7个人，6人全坐在了房中央并着的桌子边自习。她们也是用惊异而陌生的眼光望着我的到来，唯有英子站立在我跟前似在等待着我什么。

她请我坐下。我并没有马上坐下。我问："你们不到教室里或图书馆去自习？"饶琳似笑不笑地回答："我们寝室的人，从来不去外面自习。"

"喔。"我感觉有点不自在。

"你们的学习紧张吗？"我又问大家。

"你布置的作业很少，可别的老师布置的作业很多。"还是饶琳在回话。

"喔。"我更显得几分不自在不自然了。因为仿佛只有英子一个人在欢迎我的到来，其他女生都很木然的样子。

我呆立着。英子见我如此情状，便大声地朝她的同学嚷一句："哎！你们泡茶呀！"她的这个带命令似的语调让我领会到了她此刻真正的内心激动。她的欣喜和我的拘束，让所有女生都看到了。英子那种急欲让我从窘态中解脱出来的情绪也表露无遗！她急切而命令的语调，好似对女生们呆坐不动不理会老师的到来有一种很大的不满。看到她的这种真诚的情绪反应，我当然感到欣慰。这就够了。英子是在乎我的！英子是接纳我的！英子因我的到来而激动着！

我的内心既不淡定又充满愉快。我的喜悦已完全浸入我的灵魂深处。只要能看到英子的这种真正的情意，不就是我最大的满足和幸福么？！所以，我连忙说："我不渴，不喝茶。我不打扰你们的学习了。我以后再来吧。"

"别走啊，老师！"另6个女生一齐大声说。

"泡茶，泡茶，快给老师泡茶！"

于是，我才安心地坐了下来。

她们嘻嘻哈哈，七嘴八舌问了一大堆乱七八槽的问题，都不是学习问题，弄得我内心里七上八下的。

最后饶琳说："老师，听说你还会画画？"

我忽然就平静了，"是的，考大学以前，原是想学美术的，在省城还拜师了。可高考最后还是考了文科……"

"那你能给我们的英子画幅画吗？"饶琳将我的军。

我望一眼潘英子，她的脸上一阵红一阵白，完全是手足无措的样子。

"英子，你坐下，我给你画一幅速写。"我答应道。

全体女生一齐拍手，"好好好！"

我向她们要了一张白纸，一支黑墨水笔。英子很不好意思地忸怩着，饶琳就把她按坐在了我面前的一张方凳上。

英子在她的白衬衣上穿上了一件深蓝上衣，开襟，两个下摆口袋。

她瞪着一双大眼睛望着我，双膝并着，双手也并摆在双膝上。饶琳用她的手指梳了一下英子的流海，并把她的两根短辫稍稍掰开。于是，我开始画画。

我的机会来了。我变得异常地冷静和专注。我有意慢慢地画，我想专注地多多看她，看看她脸上每一个细节与局部。潘英子确实长得端正美丽：她的眉毛又黑又长，她的眼睛又大又亮又水灵，她的鼻梁端正且直，她的脸型是瓜子儿脸，她的牙齿细密整齐雪一样白，她的两个浅浅笑靥如细小的水塘，她的颈脖细腻白如凝脂，她的手指白净纤细如兰花状……

我不敢看她的胸部，但我必须画她的衣装。我的线条充满深情和灵动，我也运用了部分明暗关系来塑造她的立体感。女生们围在我的身后和左右，屏住呼吸。

"完了！"我说。

女生一片欢呼，饶琳说："你也给我画一张！"

我无法拒绝，也给她画了一张，但激情显然减半。

"全送给我和英子么？"饶琳问。

"送给你们。我写上几个字吧。"我在英子的画上题写：

送给潘英子同学留念。祝人生美丽如画。普少翔

我给饶琳的画只是写上：

好好学习，天天向上！

我带着满足的心情和手心上的汗珠退出她们的寝室。我带着一种紧张被解除后的愉悦心情回到我的住所。我写下这篇日记。我想说：潘英子是决不会忘记我的！我想证明：青春的萌动是最美又最动人的！我爱潘英子。想必潘英子也必然爱我！

## 1983年4月27日

今天是我25周岁生日。感谢母亲赐我生命。感谢父亲赐我教言。感谢

我自己赐我多情……

# 1983年5月5日

　　五一节前后这几天，学校组织青年教工游庐山。因而结识了中文科的美学老师李溢，七七级，兰州大学毕业。他曾经是一位校园诗人。他比我大三岁。在庐山，我受他写诗情绪的感染，也得诗三首。

　　庐山游

庐山一胜游，
揽括奇峰眼底收；
过眼烟云处，
山在浮！

登山人如流，
气喘声急仍未休；
"五老山峰在？"
"就前头！"

　　仙人洞风光

仙人洞里风光奇，
烟云缭绕伴山依；
风雨忽来山浮去，
一片迷朦雨凄凄。

　　九江恋情

烟雨楼亭江中浮，
一盘明镜映孤舟。

流连忘返处，

不忍休。


夜色来临湖水幽，

城楼灯火映滩头；

流连忘返境，

怎忍休！


让人无法想像的是，潘英子也与寝室的几个同学一起来游庐山了。在牯岭，在美庐，在五老峰，在烟雨迷朦处，在山路逶迤之间。我们都与她们几度相逢。我私下想：要她是一个人在我的身旁，我一定会携着她的手，纵情欢畅在这庐山大自然的山谷之间……

世间有奇遇，这是我第二回与潘英子在校外之地的不期而遇。只可惜，这次她不是独自一个人，而是身边多了一群女生。

# 1983年5月19日

我下决心要到德山去。我要去英子家里看看。看看她的家庭，她的父母，她曾生活的城市，她所就读的中学……

我的机会正好来了。科主任要我与一位老教师一起到省内几所师专走一走看一看，做一些调研，向教学同行取一些教学与教改的经验。一路行程有衡阳师专、湘潭师专、德山师专。我一听说有"德山师专"，心中便大为窃喜。

德山这个城市给我留下了最最美好的印象，我不知道是不是因为潘英子的缘故。德山的城市很干净，空气十分的清新。街上的年轻女孩仿佛个个都那么清纯，有一种水灵灵的感觉，都很好看。我在与同事参访德山师专的间隙里，就独自抓紧时间打量这个城市。我利用早晨、中午和傍晚的时间，在它的主要马路上边走边看。我到了滨湖公园，那里真是一个极美的地方。滨湖公园附近就是德山市第一中学。潘英子就是在这所学校毕业的。我走进这所中学，有一种极为亲切的感觉。我到教学楼高三的每一间教室外走廊上都走了走，不时用眼睛瞅瞅教室里面，想像潘英子曾坐在其中的一个座位上。这天正好是星期天，我独自一人奇怪的参访让一位扫地的中年女校工把我当作了行迹可疑的人。后来，她叫来了门卫。我出示了我的岳陵师专教师工作证，他们才对我笑了，并希望我再多看看这所学校。

离开德山的前一天晚上，我大胆走进了潘英子的家。事先，我在学校就从科里的学生学籍管理资料中了解到了潘英子的就读中学、家庭住址、爸妈工作单位等信息。我没有费多少力气就找到了德山制革厂职工宿舍。进厂区右侧不远处有一栋红砖平房，我终于找到了潘英子的家。

我走进了低矮又有点阴暗潮湿的前房，"请问有人吗？这里是潘英子同学的家吗？"走出来一位中年妇女，个头不是很高，但表情纯朴而和蔼。

"你是哪个？我就是潘英子的妈妈。"她问我。

"我是潘英子同学在岳陵师专的老师。我教《哲学》课。我叫普少翱。"我并不紧张。我很平静。因为我面前的这位母亲让我一见就有一种亲切感。细看，她与潘英子确有许多相像之处。而我此时的记忆中，竟出现了我的武汉小姨妈的形象。也就是说，潘英子的母亲真像我母亲在汉口的妹妹。

"喔，是老师来了。那您请进，里面房间里坐！"她把我引到里面房间。里面房间较大，灯光也亮堂许多。家中摆设还算讲究，应当是个家庭经济状况还好的家庭。

"老师，你为什么远道上我们家来？"潘妈妈给我递上了一杯茶。

我坐在一张木凳上。"我们学校几位老师来德山师专参观学习。我这学期正教潘英子的《哲学》课。她学习不错，所以就顺便来她家里看一看。"我的理由也充分，说话还算自然。

"那真要谢谢老师！老师，她在学校里表现如何呀，学习努力不，没有乱谈恋爱吧？"潘妈妈的眼睛直直地看我，连问了三个问题。

"她是共青团员，但没有写入党申请书。她上课很认真，学习成绩不错。听同学们说，她不想当班干部，就想一心搞好学习。至于谈恋爱，她也18岁了，做爸妈的应该给她这个自由。"

"喔，她下个月，6月1日才满18呢，年龄太小，什么都不懂。她是不是在谈恋爱呀？老师，你可要替我管一管，千万别谈错了男人！"

　　她把"男朋友"说成了"男人"，这让我心里一惊。也觉得"男人"二字似乎有了些沉重。

　　"潘妈妈放心。她现在有男人追求很正常，因为她漂亮又优秀。但您要提醒她：不要找同龄人。男人嘛，总要大几岁才好！"

　　潘妈妈就用眼睛狠狠打量了我好一会。她似乎在怀疑我与她女儿之间的另一层关系。

　　"老师呀，你是哪里人？"

　　"省城。"

　　"你对我们德山印象如何呀？"

　　"很美丽、很干净的一座城市。"

　　"喔，你觉得我们英子怎么样？"

　　"她很不错，很优秀，很可爱。漂亮、亲切、清爽。"

　　"老师呀，你有没有发现我们家潘英子有哪些毛病？"

　　"她很好，没有任何毛病！"我很肯定地说。

　　"她呀，有毛病的！有毛病的！她其实很任性。高兴时又唱又笑，不高兴时什么人也不搭理。她的脾气有些古怪呢，普老师呀，你接识她久了就知道她了。你可要多多包涵她呀。"潘妈妈说这话时，我似乎读懂了她的内心。她是不是已经把我当作了她女儿的男朋友？我直觉判断：她对我的印象不错。她或许已经接纳了我这个人？

　　我们聊了很久，语调也很亲切。正说着，一个高大的着军大衣但没有领章的中年男子汉进了家门。

　　"潘英子的爸爸回来了。"潘妈妈向我介绍。我站立了起来。"英子的大学老师家访来了。"潘妈妈向潘爸爸介绍我。我有一点小紧张。但潘爸爸把他宽大的手伸给了我，摇了摇，握了握。可他没有对我说任何一句话，只是点点头，就走进了里面的另一间小房。

　　"她爸爸部队下来的，在厂里当厂长，每天都忙到现在这个时候才回家。"潘妈妈继续与我说话。

　　"喔，时间有点晚了。"我起身，想走。

　　"老师，你哪天离开德山？要不，明天来家里吃个中饭？"我没想到这位妈妈会对我这么客气，而且相邀吃饭。

"伯母，我明天就走了。谢谢你。我以后还会来的。"我走出了她家。"喔，对了。伯母，你要不要带什么话或带什么东西给潘英子同学？"

"好啊。就要英子好好读书。要慎重地谈恋爱。要记得老师的好。那就请老师替我带点吃的东西给她吧。"潘妈妈进去一会，我在门外等。

门外极其清静，邻居家有淡黄的灯光飘洒户外的地上。我抬头看夜空，天空有星星。夜空深邃且安宁。

潘妈妈出来了，用布扎好的一个小包递给我。"老师，我能问一下你今年多大年龄吗？"

"我刚满25周岁，没有女朋友。"我轻轻对她说。

"喔。真好。普老师，你这次来，我还是很喜欢的。你对英子要有耐心，要多帮助。老师对她的好，她总是会记得的。我们家欢迎你，欢迎再次来做客！"

多好的妈妈。我感受到了像亲人与回家一样的温暖。这个家庭没有奢华，只有朴素和雅致，多么难能可贵。母亲既谨慎，又不失礼节与热忱。这位母亲还有适度的慷慨与好客。对潘爸爸我没法作出评价，但军人出身，我就有一份敬重。

我舍不得与潘英子的妈妈告别。她一直送我出厂区，到大马路上。我走远了，她还在向我挥动她那慈爱的右手……

# <u>1983年5月20日</u>

今天一早，也就是离开德山之前，我给英子写了一封信并寄往岳陵师专。我有底稿，信如下：

英子：

　　我因到德山师专参访学习，顺便去了你家中一趟。你妈妈接待了我。我也看见了你父亲。我与你妈说了较长时间的话。你妈问了你的学习情况，也问了我一些问题。我说你的学习不错。我也说了我没有女朋友。离开你家时，你妈拿了些吃的东西包好让我带回学校给你。你收到此信时，我应当已回到学校了。你可抽一点时间，来我房间里拿。

德山是个不错的地方，这个城市让我留连忘返。你妈妈很温和，让我感到十分的亲切。你爸爸应当是工作很忙。我没有见到你的兄弟姐妹。我希望我还有机会到你家。

祝你开心！

普老师<br>5月20日于德山

## 1983年5月24日

在外参访半月有余，今天回到学校。有诗一首，笔录于下：

到德山

妹妹家乡游，
景色初识喜眼收。
沅水江舟风景好，
城区街路清且幽，
几欲作故州！

风尚朴实优，
语言清新且轻柔。
所见妙龄皆秀丽，
听语几作妹妹筹。
怎奈情可休？

美学上有一种"移情说"，此番到德山，我把我对潘英子的感情全都移情到了她生活的这个城市的每一角。这个城市的每一隅都变成了我眼中的美丽景色。为什么会这样呢，连我自己也不明白啊。

# 1983年5月30日

英子，你来了。明天就是你满18岁的生日了，这是值得祝贺的！晚饭后，你来到了我的房间里。这是你第一次单独到我房间里来。你来了，证明你收到了我的信，也说明你没有忘记我。你能来我房间坐，你将更加了解我。我也会更加关注你。我不会畏惧任何世俗的目光和所谓的"人言可畏"。没什么可怕的，为了心中的真实与真挚。

我把她妈妈托带的东西给了她。她拿在手里后，望了我一眼，却没有说话。

"看了我给你的信了？"我示意她坐下。

她不坐，就站着。"谢谢老师给我写信，但我读不懂……"

"英子，有什么不懂的啊？你是有什么顾虑吧。"

她的脸一片悱红了，"老师，我怕……"

"你怕什么呀？光明正当的年龄，光明正大的感情。你看过《少年维特之烦恼》吗？书的扉页写着：哪个少女不善怀春，哪个少年不善钟情。你应该能明白。"

"你是老师，我是学生。你是省城人，我是德山人。你二十五，我才十八。你已经有了稳定的工作，我的毕业分配还不知在何方……"她一下很坦率语速也很快地说出了她心中的"怕"和顾虑。

"如果你愿意接受我的感情，一切都不会是问题。到你快毕业时，我会郑重地向科主任禹达夫请求照顾我们这种关系，让你留校或分在本市……"

英子用疑惑的眼神斜望着我，却没有给我任何明确答复。

"我恐怕得回德山我的家乡去……"

"如果你想回德山，我可以调动工作去你家乡……"

"老师，这是何必呢……"

正在我俩的谈话变得进一步深入时，外面传来喊声："英子！英子！"

"老师，高丽亚喊我啦！"她转身就要走。

"你别走。叫她也进来坐坐！"我说。

高丽亚站在了我房间的门口。幸好门是敞开的！"英子，你原来是在这里啊？"她的表情特别地夸张，表达她异样的惊讶。

"我是来老师这里拿东西的。"英子倒忽然很平静了。

"高丽亚，进来坐！一起说说话吧。"我拉了一下她的手臂。她进来了。

她一进来，眼睛就盯着我房间的右墙上。"老师，我上次来，墙上什么也没有。现在，墙上全是画作及书法，都是你画的、写的？！" 高丽亚又做出惊讶状。

我笑着点头。"这次出差外出，一路画了不少速写。书法则是天天写写，练笔。"

潘英子这时也才用她的双眼认真专注又好奇地看墙上我的作品。

"普老师，你什么时候学的美术呀？"高丽亚问。

"自学，自学的。"我有些许得意地向她俩介绍："这些速写主要是人物动态及自然山水，是收集素材的性质。'蝉噪林愈静，鸟鸣山更幽。'是杜甫诗句，用《张迁碑》笔法写的。上面有印章'退隐庐门生'是篆刻闲章或堂号章，阳文。也是自己自学刻着玩的。素描炭笔画，是临摩柯罗的《阵风》。"

"老师，'退隐庐门生'是什么意思呀？"英子问。

"'门生'就是学生、门徒的意思。'退隐庐'是法国十八世纪启蒙思想家卢梭晚年隐居在大自然中的一个住处。我信奉卢梭，故称其门生。"

"柯罗是哪国的画家？"高丽亚问。

"法国十九世纪风景画大师。他是一个极具才华又心地极善良性情极可爱的人，一生未婚。我喜欢他的画和为人品格。"

"老师，那你为什么没考美术学院，而是进了政教系呢？"英子问。

"说来话长。或者叫命运不由人吧。其实，我最想进的是中文系。"

"英子，回去吧！大家都晓得你是到普老师这儿来了。怕你一人呆久了，不好。所以叫我来找你。"高丽亚催促着潘英子。

潘英子的脸上又泛红了，"与老师在一起，有什么可担心的呀。现在，我不是一个人呀，你也在这儿啦！"

"英子，你狡辩！你喜欢普老师！我们都知道了……"

英子一时语塞，就怯怯地望着我，似在寻求解救。"高丽亚，是我有点喜欢潘英子。但我也喜欢卓亭亭。我还喜欢你高丽亚。我喜欢你们的十八岁。喜欢你们青春的模样！我有错么？我的行为有不当的地方么？我孤独一人在岳陵，我也需要朋友。老师就不能有情感的需求么？"我为潘英子解窘，也是在为自己辩白。

"老师，你偏心！你偏心！你严重的偏心！"高丽亚面露愠色，全身都紧张了起来的样子。

"好了，高丽亚。我下次出差，去桃源，也会去你家。我也会为你带吃的东西给你。好不好？"我为自己进一步解除难堪。

"走吧！"高丽亚走到了门边，用眼睛回头命令英子似的。"晚自习要关灯了，你还不谢谢普老师？要睡在老师这里呀？！"高丽亚打趣英子也太过分了点。"你们走吧，早点回寝室。"英子的脸都红到了颈脖处，"亚丽，你坏！你坏！你竟这么地坏？！"她就去打高丽亚，还做出双手掐她脖子的样子。俩个女孩打打扯扯，笑笑闹闹、呼呼嚷嚷，一下就跑了。

我多么希望她们再停留一会儿，再停留一会儿，再停留一会儿。我都忘了祝英子明天18岁生日快乐。可她们瞬间就不见了人影。

美丽总是那么地动人。动人也总是那么美丽。妙龄女孩风情万种，让我怎能无动于衷。让我怎能不多情，不钟情。除非我不是一个男人！

# <u>1983年6月4日</u>

六、七个女生朝我走过来，围过来。独不见潘英子，我心中有一种失落。忽然，远远地又看见了她！她过来了。她过来了。其他女孩分两边迎着她。近了，我看见了她。她看见了我！

这是傍晚，在校园外的三眼桥上。大家都是刚刚吃过晚餐，天空依然晴朗无云。天穹那么高，那么蓝。绯红的晚霞映在明净的天空里，色彩是那么地绚丽。潘英子的大眼睛直视着我，我的眼睛也钟情地注视着她。其他女孩不知什么时候就一个个走掉了，我都没意识到。英子也没有理会她们。在灿烂的晚霞下，在幽静的三眼桥上，我和她在一起。

"英子，我们走一走？！"我想去拉她的衣袖。

"她们看见我俩走近，就都走了。看来，她们又要笑话我的……"英子埋下头，并没有让我拉她的衣袖，还与我保持了一人宽的距离。

"英子……难得这么巧又遇上你……一起走走吧……"我的语气带着一点点恳求。

"老师，你想要我怎么样呢……"

"我们沿着这清幽的后湖散散步，再说说话。"

她默允了。她与我一起走在这三眼桥上。桥的左侧就是浩浩淼淼极为宽阔的南湖。湖远处的左岸，山巍巍而青翠，湖水却荡漾且安宁。南湖的坦荡、宽阔与安详，犹如一位丰满、温柔又美丽的女性仰躺在大自然的怀抱之中。

"英子，你觉得南湖像不像一个女子，或是像一位少女？"

"它更像一个男人吧，宽阔的襟怀，宽广的肩膀。当然，它也有女性的温柔吧。"潘英子回答道，并深情地看着桥左边的宽阔湖水。

"英子，你看桥的右边，风光幽静、迷人。天空蓝，山色青，水荡漾。这后湖在晚霞的映照下显出别样的情调和景致。我们走过去，看一看？"

她娇羞地朝我点了点头，并把她的一只手伸给了我。因为要跳下桥去，我先跳了下去。是我先向她伸手，她才把手伸向我。

她下来后，手马上就缩回去了。三眼桥下，右边岔出一条土路。我们就从这土路往里面走。里面竟是一片更宽广的水域，是水域连着水域或小湖连着小湖。英子明显产生了好奇心，她竟走到了我的前面。我跟在后面，问乡民："此后湖可以游泳吗？""可以。它们都是地上河，下雨积水而成。水里放了防血吸虫病的药水。""喔。"我在想，哪天可否邀几位男生一起到这边来游泳呢。

英子在前边走。我跟着往里走。里面的景色越来越美，主要是天空的色彩极为绚丽，同时湖面也越来越幽静。湖面深深的，似有一种引诱力。我们实际上是在绕着后湖行走。有些地段是干涸的。英子在沿着小湖与小湖之间的小路走着。那小路也在大片菜地中间蜿蜒。

"老师，快来！"英子喊。我跑过去，原来她遇见了一头小黄牛犊。我们走近它，它吼了一声，吓坏了英子。"小牛犊，不怕。"英子站在了我的身后，她的双手拉扯着我的后衣襟。又往前行，一只小黄狗站立在小路上。英子不敢走了。我跑过去，赶它走开。它朝我吠叫。我又近前，它就边叫边后退。英子害怕想返回。我对她说："既然出来了，一定要绕过这后湖走出去！"英子怯生生地走到我身边，我右手捏着了她的一只手。

"有老师在，你什么也别怕。"我说。

狗的主人出来了，笑容可掬的。我上去问："大伯，我们是师专的老师和学生。这后湖很美，但不知可不可以走得出去？"大伯看我一眼，又看英子一眼，"走得出去，走得出去。师专有许多人到这里来散步，边看边玩。前面有座'五眼桥'。上了桥，就可顺马路走回师专了。"喔，我鼓励英子往"五眼桥"走去。我们放弃回转的念头，决定深入进去。

往里走，水域向远处延展，渐渐不见了人烟。潘英子紧张地跟着我，我仍然紧捏着她的手。我兴致盎然，甚至大步流星往前走，以显示我的胆量。我欲探出个后湖幽深的究竟来。我拉着她在星罗棋布的一个个小湖之间的土径上行走，时而回头眺望身后一派辽阔的湖景。一个个小湖泊在暗蓝色天空的烘托下，有如一个个玉盘，也宛若一群仙女走下凡间。三眼桥已退到了远远的尽头，画面感极强，很美丽！"老师，快走，天要黑了。我害怕！""我们这是后湖探胜，回去后可以写一篇很好的游记啊。有我在，不用怕！"

她竟哭了。我吓坏了，只好拥着她的双肩安慰她，"没有退路，只有往前走。相信老师，会带你平安回到学校的。"其实我也有点怕。我怕天真的黑下来，而我们还走不出去，怎么办？

我们无奈前行。我们加快了脚步。我故作镇静。放开了英子的手，时而跳跃，时而奔跑。"老师，你别抛下我！""英子，你看前方，那是一处峭壁！"水域忽然就到了尽头，此处也空无一人。它有一种浓重的森然之感。

我们走到了峭壁面前，好像真的无路可走了。英子又哭了。我把她搂在怀里，轻轻拍了拍她的后背。"有我在，没事。"我率先爬上峭壁。然后，我在峭壁上往下欲拉英子的手。她伸过手来，我一拉，她上来了。我们的双手紧握着，又松开。我俩一脚高一脚低地绕到峭壁的另一边。

啊，又是一片水域！水面隐在峭壁下。我心里也着实惊了。我能把英子带出去吗？我真没想到我们来到了一个真正的奇险处。

天色完全暗淡了下来，前面的路到底还有多远，这真是一个迷。英子脸色惨白，全身紧张得说不出一句话来。我心中也难免一阵发颤。"勇敢点，往前走！”我鼓励英子，也鼓励自己。

我们往另一处较低的石崖攀附过去，攀附过去，还踩踏了一段不短距离的泥地。

“五眼桥！老师，五眼桥！！”英子欣喜地尖叫起来。

啊，我也看见了。五眼桥就在我们视野的右前方！我俩此时才欣喜万分，并欢快地相互击掌相庆了。

“好了，好了。到了五眼桥上，我们就成功了！我们终于走出来了！”我看着可爱的英子，她笑了。她看我时的表情与眼神，灿烂、美丽又纯真动人。

我们朝五眼桥方位的小径继续快步走。在前方一弯浅水里有一只小木舟，我快步跳了上去。我想我们可不可以划舟到五眼桥。

“老师，你想划船啊？那它可能比我们走路还要慢。天全黑下来，就糟糕了！”

是啊，我退出小舟。我更加大胆地拉着英子的纤纤小手在小径上奔跑。前方的小路两边不时还有杂树与荆棘。我们加速前行，我的手上、脚踝处都被荆棘划出了一道道血痕。

凶残粗暴的荆棘！英子也看到了我的受伤。她露出了心痛的表情。

啊，这真是值得！她，心疼我了！

啊，风光，你自然的湖水风光。你幽雅的胜景，飘渺的幽境。你是上天的恩赐，是大自然的奇作。你是世外桃园，是秦人避世的居所。你，太少被人发现。你是一位羞答答的少女还未展现你全部的娇容！

天真的黑了。我们的玩赏也尽兴极了。喔，到了！五眼桥到了！我们快速跃过层层田野，跃过土丘。农人说话的声音又听到了。小路两边的小湖也传来轻微的击水声，原来是农家小男孩与小女孩在嬉水。看到这景象，我快活极了。我居然大胆把英子给抱了起来，她双脚离地，似挣脱着："老师……"

我太快活了，放下英子，又独自奔腾、跳跃。我一大步就跨上了眼前的五眼桥。英子已经累得不行，跨不上桥来。我弯腰拉她，她才上到桥面上。

一位农妇在桥边站立。我喘喘地问："回师专往哪边走？"她说："往右边，顺大路，直接到师专。"此时，我的心就像一块重石落了下来。

英子的笑脸更加灿烂了。

农妇说："师专的人来玩后湖，大多都只玩了一半就退回去了。很少有人完全走出来。这天都黑透了，你一个老师带一个这么漂亮的女学生？"我得意地笑了。

离开五眼桥时，英子还特意又下到桥下去数桥眼："一眼，二眼，三眼，四眼，五眼！"

回往师专的柏油马路宽阔而平坦。天色虽然完全黑了下来，可西边的天空仍残留一抹紫红色的晚霞。它好像不忍隐回去，一定要映照我和英子回返的路。我被这美景陶醉，心中充满无限美好憧憬。我居然孩子气地用双手的"八字"做取景框，然后口中念道："咔嚓！咔嚓！咔嚓！"

我把这美景和潘英子的身影摄在了心底的胶片上，让这一生永远不忘，也永难忘怀！

"到了，师专到了！"当我要再拉英子的手时，她却猛然甩开了我的手，抛下我。她快步奔跑起来，独自一人闯进了灯光璀璨的校园大门里……

# 1983年6月6日

今天刚一上课，女生几乎全用奇形怪状的眼神看我，而英子则老低着头，似不敢正眼看我。我做错了什么事？不就是单独邀她游了一圈学校的后湖么。我又没有对她做什么出格出轨的事。我俩都是纯真以对，这有什么背离道德准则么？你们女生为何要用那种怪模怪样的眼神看着我，好似我做了贼似的？以至我在讲"量变与质变的关系"时，都讲不下去了。

就算老师爱上了学生，这也不算罪过或犯罪吧？我坦坦荡荡，承认自己对潘英子纯洁又纯真的爱。当然，我也许冷落了其他女生，但却是无意的，也是没有办法呀！高丽亚、卓亭亭、饶琳，你们告诉我要怎么处理这个矛盾呀？！我都25岁了。我也要恋爱呀。我若要安心在岳陵工作与生活，也只有爱上一个人或恋上一个人吧。我没有看得上的其他女生或女教师。我独爱上了这个潘英子，而她，难道不也是同样爱上了我么？

好英子，你说呀。你也勇敢点，说出你内心真实的想法。或者，你想个办法，我要怎么办，才能为大家所认可和接纳呀？！

唉呀呀，呀！我的情感之路，怎么这么难呀？！

忽然，我想到了科主任。我要向他求救！我要向他倾诉。我记起了他上次说的话。他说：他会私下找我聊……

# 1983年6月7日

今天中午，我推开了禹达夫主任的家门。其实，他的家门是敞开的。我在门口大喊了一声："禹主任！"他一家人正坐在客厅的小方桌上吃饭。"喔，才子普少翱来了？吃过了么？"我其实没吃饭，但我说："吃过了。"他饭没吃完，就引我到他的书房里说话。

他问我这一段过得怎么样？我说不怎么样。于是，我把话题说到了直白处。

他沉思了好一会，猛抬起头："我太理解你作为省城大学分来的年轻人，家又不在这里。你不安心，我们都感觉得到。""我愿意安心岳陵，可是……"

"既然这样，我悄悄给你出个主意，但不可对其他年轻老师说。"他接着说："你可以在学生中相中一个品学兼优的女生，或者在两个中比较选一个，只在心中选，不要在学生面前显露出来。你要是真安心留在师专，等学生毕业分配时，我会跟校长、学生科及人事科科长说，争取把这个女生留校，至少分在岳陵市……"

我太感激科主任对我的理解、关心和关爱。他问我已经有了中意的么？我没有明说出来，只是说在观察中……科主任居然主动对我推荐："高丽亚不错，政治上积极进步，很快会进入校学生团委……"我不置可否，但我也没说我会喜欢谁。

但我心中有底了，我真的很感激科主任。临告辞，他一再叮嘱："心中有中意的，也千万别在学生中透露，要在严密中进行……懂吗？"我点头，并紧握他的粗大的双手。

英子，这是多好的消息啊！上天一定会眷顾你和我的吧。我觉得有一种神奇的力量在牵引着她和我。既然有了科领导的默许和支持，我更加无惧任何人的冷眼及冷语。

我总是在想，为何每当我与她相遇时，双方都有一种触电般的感觉。

都有一种极大的身心愉悦。而且，老元总是或无数次安排我与她在去食堂打饭的路上不期相遇。我也不放过每一次我与她在小路上相逢的瞬间机缘。只要是每次在小路上或校园里的撞见，我和她都会不自觉地也情不自禁地把眼光投向对方。好似她和我都在寻求、渴望、期待这样的相遇。因为我们每次都没有错失过这样的好机缘呵！

晚餐的小路上，又遇见了你，英子。我记下这段感慨。这是一段令我无法不书写下来的感慨！

# 1983年6月11日

今晚，我又控制不住我的脚步，控制不了我的情感，壮着胆再次走进英子的寝室。这是我第三次去。第一次被饶琳挡在了门外。第二次是侥幸被英子看到被邀请了进去，并为她画了一幅速写画。今天，我一定要再进去坐坐。

我就是冲着潘英子同学去的，她寝室的女生又能把我怎么办？！

我的心口有点怦怦跳荡。如果只是面对英子一个人，可能我会冷静，因为我已与她有了几次单独的较深入的接触。但要同时面对她的同学，我还是难免有些心慌和不够坦然。

我走进了她的寝室。全寝室的同学都看着我。英子看见了我。她是那样的惊慌又窃喜。她吃惊得完全不知道怎么来应对我的到来。她那种如小白兔般惊慌的样子，让我觉得她是那么的可爱和异常生动的美丽！

"老师，坐！"饶琳一反常态，表示了对我的欢迎。卓亭亭也在这里，她为我主动泡了茶。我镇静地坐在了一位女生让给我的木凳上。

"老师，你今晚是冲着一个人来的，还是冲着我们大家来的？你坦白说！"饶琳看来要向我发难。

"饶琳同学，我是冲着你来的！"我机智而又不失勇敢地回答。

饶琳一下子变得不知所措。英子便一改被动为主动，忙跑到饶琳身边胳肢她，"老师喜欢你！老师喜欢你呢！"

饶琳的脸变得红一阵白一阵的。"好了，好了。我知道老师喜欢你潘英子，是冲着你来的！但我有好多疑惑要问老师。"

我也有点不自然起来，明显有了拘谨感。但我毕竟是老师，"我不是冲着哪位同学来的。我是冲着大家来。我是再一次来听教学意见的。另外，我单身一个人，也是来玩的。"

"喔——喔——"大家就全笑开了，也放松了。英子拿了一个苹果递给我，我把它放到了桌子上。英子真的好朴实，纯粹。她不掩饰自己。她的喜悦与她的美丽叠加在一起，显得是那么地动人又美妙！但我不敢多看她，我要眼睛望着所有的女生。

"老师，你真的爱上了岳陵，爱上了师专？你不会调回省城去？"

"我在渐渐爱上这里。毕业分配时我是不想来这里。但目前我根本没有回省城的可能。"

"那你到底有没有女朋友？要说老实话！"

"我没有女朋友……如果说以前有过，但早分开了……"

"喔——能具体说说分开的原因吗？说说你过去的故事吗？"饶琳一人集中火力攻击我。几个女生的眼睛也齐齐地看着英子。"哎，你们全看着我干什么呀？"英子表情很不自然，无所适从的样子。

大家就一阵笑。笑声飘到户外的夜空中。

我想走。我站了起来。

饶琳快步堵在了门边，"老师，你难得一来。还有问题呢！"

我满额是汗，看来她们今晚不会放过我。我只得坐下。

英子溜到户外去了。

我被她们问了许多模棱两可又尴尬的问题。后来实在招架不下，我就装着要去访问另一个寝室，脱身去了相邻的女生寝室。

也没坐多久，就赶紧出来了。有个女生在我后面追问："老师，你哪天也带我们去游后湖啊？"咯咯地笑。

"可以嘛。谁邀请我，我就带她去！"

"老师，你真的喜欢哲学吗？"又一个女生追出来问。

"我不是很喜欢政教专业。但哲学还是一门真正的学问。"

"听说你的青工楼房间墙上有许多的书画作品，甚至你还收集有许多美术画报上的人体画作，我们也能来看么？"

这样的问题太尖锐，我想挣脱逃跑。但两个高大的女生又把我拉扯进了另一个寝室。

她们提出要我画她们。"可以，开始吧。"我用一个女生递给我的纸笔画另一个女生的动态。我三分钟画好，丢给了她们。此时，英子竟忽然又出现在了我的面前。呵，可爱的英子，她知道我还没有走得开，又特意来到这个寝室，是不是来给我解危呢？

我太感谢英子了。我决定再画一张速写。我画了一组女生，坐站倚姿的都有。画完，我特意递给了我可爱的英子！

英子拿着我的画，看得是那么地认真和投入。别人来抢她手中的画，她就藏在怀里跑掉了。

她跑回了她的寝室。我也离开了。

# 1983年6月13日

今天上课，讲"唯物辩证法基本范畴"中的"可能性与现实性"问题。没想到金钟会在我讲兴正浓时向我尖锐提问。

"请问普老师，哲学的根本问题是什么？"

我感到很奇怪，不是第一次上课时说过了吗？"按教科书，正确答案当然是'物质与意识'或'存在与思维'的问题。谁决定谁，因而形成唯心主义与唯物主义两大对立观点。"

"老师，你有自己的独立见解吗？"

"我的观点不能作为考试的标准答案。哲学的根本问题应该是人的问题，即人的生存与环境，人性与非人性即善与恶的问题。"

"老师，你果然算是一个有自己观点，不照本宣科的人。我非常同意您的观点。但我想请问，一个光荣的人民教师公开追求自己的女学生，这是人性的呢还是非人性的，即是善的呢还是恶的？！"他情绪十分激动。

全班同学都眼睛瞪瞪地望着我。我知道这是冲着我喜欢潘英子这个事来的。我血液贲张，心口突突地跳荡。这小子，居然敢在课堂里向我挑战？！我用情仇的眼光扫了他一眼。他坐了下去，但还是企盼我的回答。我停止说话足有三分钟。我一时不知道说什么是好。我用眼睛的余光乜斜了潘英子一眼，她的脸顿时失色，木瞪口呆得惊恐无措。为了让英子镇静，也给她与我的关系一个正当的理由，我终于找到了言辞：

"我首先是教师，请不要给我戴上'光荣的'、'人民教师'的高帽子。而且我是一个刚从大学毕业分来的'年轻教师'。"我特意加重了"

年轻"二字。"既然你我都同意哲学首要思考或解决的是人性与非人性即善与恶的问题。请注意，我的观点前面还有'生存与环境'一句话。我现在要反问你两个问题。其一，我是省城人。我大学毕业时强烈要求分在省城——我以前的女朋友在省城。可系领导硬是狠心地把我分配来了岳陵，你说这是人性的还是非人性的？其二，我现在的生存环境让我失去了以前的女朋友，而我又千百倍地劝说自己要安心岳陵甚至扎根岳陵，你说我要不要在这儿重新找一个女朋友？！"

"喔——哟——喔——哟——"全班一片低嘘声，"老师好可怜啊，好可怜。""老师被她前女友抛弃了呀？""普老师把金钟给问住了罗。"

金钟又"嚯——"地站起来："普老师，我也很同情你。你的那个系领导对你确实不人性。可你重新找女朋友不一定非要找自己的学生呀。你完全可以找这里的年轻女教师，或找岳陵市的女孩子。我们男生也会喜欢班里的女生，可你却来搞恋爱竞争，这对我们男生很不公平！所以，你对我们很不人性！"

"喔——哟——喔——哟——"全班又是一片唏嘘声，"原来普老师爱潘英子，金钟也爱潘英子哟。""这是不公平！""老师还是要为人师表，退出竞争。"

我忽然发现，同学们的议论不是倾向我，而是倾向了金钟。

潘英子忽然发飚了："我谁也没有爱！我谁也不会爱！你们都不要说了！这是上课，让老师上课！！"

我很难过，政史科的学生原来可以是这样来对抗老师，搅局课堂吗？

正此时，彪形大个陈科举则一个键步蹿到金钟的面前，给了他一拳头："小子，你别影响老子听课！这课堂不是你来讨论爱情的地方！你滚出教室去！"陈科举力气真大，原来他是班上的体育委员。金钟被陈科举推出了教室，全班立即安静了下来。

"同学们，亲爱的同学们：潘英子同学是一位优秀的同学。我并没有与她谈恋爱。我也谈不上在追求她。我只是喜欢她，多关心了她一点。以后，我会力争对所有同学一视同仁。好不好？我们现在还是上课吧！"

"喔——哟——喔——哟——"班上又开始唏嘘声。

"老师爱上学生，只要是相互的、真诚的，无私的，也是可以的。"

有同学说。

"老师也有爱的权势吧。"仍有同学说。

"关键是潘英子爱不爱普老师，或是爱金钟……"

英子忽然双手捂耳并号啕大哭起来。她也许是快要崩溃了。我对她同座的饶琳做了一个示意，饶琳就推了她一把，她跑出了课堂。

我只好宣布下课。我灰溜溜地离开了教室。我没想到今天上课会遇上金钟这只"老鼠"、"苍蝇"，他是我爱情的一只"害虫"啊！他搅坏了我的美好爱情！

## 1983年6月16日

郁闷啊，郁闷。我足足郁闷了三天三夜，晚上也没有睡好。课还得照常上。我还得面对所有同学。

这事迅速反映到科主任耳朵里去了。禹达夫找我来谈话了，"普少翱同志：我跟你说过，你要悄悄进行，不能声张。好了，现在你造成的影响太大了，太坏了！你必须马上停止对潘英子同学的追求！师生谈恋爱从校纪校规上讲是不允许的，是有违教师职业道德的，你怎么就不知道低调或掩饰一下呢？看来，我也没法照顾你了。"

我痛苦地哭泣了，向主任诉说着我的双层苦恼。禹达夫似乎一直懂我的心，忽改极为温柔的话语："普老师呀，其实我太理解你了。可是，你要学聪明一点。你爱上学生，怎么也不能公开化啊！我上次就对你说了，你要地下活动嘛。不要搞得风风雨雨的，到时候学校怎么帮你解决呢？物理系有个年轻老师就是悄悄进行的，学生一点都不知道，最后，学校把那个女生留校了。他们此时就公开了。没有任何师生知道他们之间的关系。你看他做得多好多隐蔽！"

"主任啊，是我笨，还很蠢。"

"少翱同志，是这样。你放弃潘英子，另选高丽亚吧。这样，金钟就不会再闹课堂了。你多考察高丽亚，挺不错的一个女孩，又开朗，还漂漂亮亮的。你这次就不要有任何公开的表露。我保证，我会跟她谈话，到时把她留在科里。"

我心已伤，未置可否，就离开了。

　　英子上课已不敢正眼看我，我更不敢看她。金钟老实了些，但坏影响毕竟已经造成了。好在我是讲《哲学》的，知道事情的"偶然性与必然性"。是我对潘英子"一见钟情"或过于地"一厢情愿"了。是我太不注意对她的爱情加以保护和保密了。是我太蠢了！

　　哲学是智慧学，我怎么就这么地不智慧呢？我觉得我伤害了潘英子。我也觉得我不配教哲学。哲学并没有增进我的智慧。也许，哲学并不适合我。可我能干什么呢？我是否应改教别的学科，如《党史》或《政治经济学》之类？说真的，我并不喜欢"政教系"的专业！

　　我心中好羡慕李溢。他在中文系讲《美学》。我不时去偷听他的课。他上课激情飞扬，连外语科的女生都挤在他课堂后面蹭课。他有一个鲜明的观点："美是自由的象征！爱情是不论年龄、地位、金钱、地域与容貌的。最美丽动人的爱情只能是一见钟情！"

　　李溢自己就找了他上大学时的学妹做女朋友。他女朋友非常漂亮，毕业后也来到了岳陵师专。我在想，我与冬小眉算不算是一见钟情呢？当时在农场，我们也是倾心相爱过的呀，只是爱情经不起风雨，最终，她不愿跟我到岳陵来。虽然她现在又来找我，但我不再想与她重续旧好。

　　我与英子算不算一见钟情？若是，她一定会在心里等着我。但现在科主任却不让我与她继续发展感情，而要我移情别恋。爱情这个东西，是想放弃就可以放弃的么？是可以随便转移的么？

　　我真的想不明白，我爱潘英子到底有什么错？老师爱学生就真的是大逆不道么？甚至是"不善"、"非人性"、"不道德"的么？

　　昨天我在去食堂的路上遇见了英子，她竟然不理我，而埋下头绕道走开了。我是多么地伤心啊。

　　今天，我又遇见了她，好在没有别人在一旁。她又想回避我，可我却挡着了她。"英子，我想和你说说话……"我有点乞求她的样子。她表现得很痛苦很挣扎的难堪状，这真让我心痛。"老师，我们别……"她是那样无助的样子。我极为难过又轻柔地对她说："我想与你好好谈一次话，能上我房间来一下吗？"

　　她点点头，算是答应，才走开。

# <u>1983年6月18日</u>

等了两天，她来了。她终于来了。

她约了卓亭亭一起来的！哎，你就不能一个人来么？我们不是没有单独相处过。我邀你来，主要是想与你说些真心话，在心灵上好好沟通并达成默契。

她的面容是那样地沉郁。她甚至是让卓亭亭先进门。卓亭亭也有点不情愿的样子。"坐啊！老师不是老虎。我不会吃了你们！"我让她们坐在了床沿边。我仍坐在我的书桌旁。卓亭亭坐得距我近点，而潘英子坐在卓亭亭右侧稍后，似故意距我稍远点，还低着头。

"老师，听英子说你找我们有事？"卓亭亭开口说。哎，她的这个问题有点奇怪。我没有找你们，我只是找潘英子！看来是潘英子在卓亭亭面前耍了一个小聪明。我得保护英子的这个小聪明。

"金钟那天课堂里向我发难，卓亭亭你怎么看这件事？"我问。

"我觉得金钟有点蠢气。英子又不喜欢他，相反是更看不起他了。他让英子丢了面子。英子，你说对吗？"卓亭亭回头望英子。

潘英子没有吱声，却用眼睛看着我。

"那天是我没有处理好这件事。让英子难堪、难过了。我向英子赔不是！"我站起来走到英子面前，居然向她深深鞠了一躬。英子吓了一跳，也站起来，"你这是何必呢？"

我回到我的椅子里。英子也回坐下。"卓亭亭，你们女生怎么看这事？"我问。

"大家也只是当热闹看。大家都知道你爱上我们的英子。英子，是吗？"

"亭亭，你有病吧！"英子的脸羞红，重重捶打了卓亭亭一下。

"不是吗？那你脸红什么？"

潘英子又打卓亭亭。卓亭亭躲到我一边，"老师，你自己说。反正我认为你有爱的权利。"

"谢谢亭亭。"我很感动。

"老师，可你那天在课堂上没敢公开说爱我，只是说'喜欢'。还说，会对大家'一视同仁'。"英子望着我问道。

我见英子这样问我，竟一时不知如何作答。

"而且，有人说你有女朋友，她还来这里找你了……就是上次……"英子要我回答。

我的天，英子说到了小眉！关于她，我可不是一两句话说得清楚的。"她呀，都过去了。她让我爱恨交集，但我现在根本不想提到她。"

"老师，你可不可以给英子说说你是怎样与你前女友分手的吗？"卓亭亭很天真的样子问我。

"好吧，哪天我会详情告诉英子的。但我今天实在不想谈她。"我表情略显苦涩地说。

英子站了起来，"那我们走吧！亭亭。"

"我话还没有说完啊？"我急了。"英子，你是想听我以前的故事？你那么急于要知道我以前的那个她？那你单独留下来听取我说。"

我想让卓亭亭先走。我本来就是想跟英子彻底长谈一次的。

可她俩都站了起来。"我不想听你以前的故事了。"英子说。说完，她俩一起走出了我的房间。

# 1983年6月19日

英子要了解我以前的女朋友，我想说又不敢说。说了，我不知她能否理解我。不说，她又对我有陌生感。可她不了解我，又怎会真正走近我？

昨晚我失眠了，快天亮才昏沉沉睡着。脑子里乱七八糟。短暂的入睡后，小眉闯入了我的梦中。她在梦中对我说："你不要去追求你的女学生啊！你追不到的！"我说："可你又不爱我了。你还来管我干什么？英子比你纯洁百倍千倍，你不要来管我！""你会头破血流，身败名裂的！""爱上英子我无怨无悔。那怕是空爱一场，我也决不后悔！"小眉很气愤的样子，我不管她。你不愿意跟我来岳陵，你就没权利管我。

梦醒后，我才知道这只是一个梦。那个小眉此时在省城，她可能也死了心。说不定她已经找到新男友了。但我也可以肯定，她要忘记我也难。

小眉曾说过一句最经典的话："我是工人，决不会再找工人。我只会找大学生！"也正是她这句话，我也没害怕过她离开我。我大学毕业不如愿，我没有去找她。可晚上这个梦还是让我纳闷：她难道还没找到男朋友？她还在心中不时想我？她是否预感到我已爱上了一个女学生——潘英子。

我既然有了新的爱恋，就要对英子的感情负责。我不会走爱情的回头路！我不愿让那个小眉又勉强地来爱我。我决定永远放弃小眉，只爱我的英子。

英子，现在我就来向你坦白我与小眉的一段"痛情"吧！

1976年我高中毕业，属"上山下乡"对象。我不想下乡，因为我大哥下乡五年，最后才考回省城，上了个"工农兵大学"。他毕业时，没能留在省城，而被学校分配到了外地县城。我不想走我大哥的老路。我呆在家里无所事事一年多。直到第二年十月，听闻全国要恢复高考。我这才决定马上下乡。因为政策规定"下乡对象"不能在城里报考，只能在乡下报考。可以说，我是一个投机分子。

我下乡了。因为我下乡迟了几天，我错过了在乡下高考报名时间。我没能参加当年年底的那场全国统一考试。但我不是没有收获。我认识了小眉！我们同在岳陵地区的国营滨湖农场。我们在同一分场同一大队。我们都在知青点。她比我先下乡，我是后来者。我发现她是一位漂亮的女知青。后来，她了解到我是想参加高考而下乡。她对我说："你可以明年考！"于是，我参加了第二年也就是1978年的全国高考。我考上了。她没有考上。很显然，她太羡慕和敬佩我了。我在她面前十分地得意。我上了大学并没有忘记她。她也不断给我写信。我知道她信中暗含的爱意，但我不能无条件地答应她。我希望她也考上大学或者中专。她一气之下不再理我，我也无所谓。幸好我的高中同学田华找到我，我在高中就对她充满好感。因为她家里是高干。她虽然也没有考上大学，但进了省城不错的机关单位，又入了党，年龄与我同岁。我就试着与她谈朋友。她说："不论你大学毕业分配到哪里，哪怕天涯海角，哪怕地县小城，我都跟着你！"我对她说："好吧。"可是，只有一周美好的恋情，我的热情就飞走了。我最终发现是我根本不适应她的性格，尽管我喜欢她美丽的心灵。我与她的感情纠缠了一年，最终分开。此时，小眉已招工回到省城。她继续来看我，我又重新走近小眉。然而，毕业问题很快就摆在了眼前。当我问："小眉，我要是毕业去了外地，你还跟着我吗？"她说："你去外地大城市，我会跟你走。你若是分配去省城以外的地县，我可能不会跟你走。”“我可能会去岳陵地区。”她一下就吓坏了。“那我肯定不会跟你去……”我的妈呀，原来小眉也是这么世俗的女人啊！这仿佛晴天霹雳。天下女人怎么都是这么不可理喻或太有现实感了啊！

当我明白田华是一个好女孩时，我已经失去了她……

我的大学毕业最终没有让小眉满意，所以，我最终没能留住小眉的心。

现在，我孤家寡人般地来到了岳陵，也告别了两段或长或短的“爱情”。我都搞不明白什么叫爱情了！我在来到师专的某个晚上，忽然发现了一个叫“英子”的女学生，我便又开始了对她的一片痴情……

## 1983年6月20日

小眉让我痛恼！我不能回想她。所以，当英子要我坦白“前女友”时，我没有马上回复她。但我知道，若要让英子爱上我，我是不能回避谈“小眉”的。至少，我要对英子坦陈我与小眉之间的一切，才能求得她的理解或认同。

今天，我又陷入了烦恼之中。因为我在回忆与小眉的过去。回忆的结论是：小眉若还爱我，她就会下决心到岳陵来与我工作生活。可她要我调回去，我怎么回去？她来找了我，但我回避了她。我是开始了新的爱恋，一个新人——潘英子。但我也无法肯定潘英子会坚定地爱着我。

## 1983年6月25日

英子，最近一段时间没有了你的友情，我又进入了可怕的痛恼与愁闷中。要知道，正是由于遇见了你，发现了你，我才又升起了对生活的热情，并重新快活了起来。英子，别忘记我吧！我相信你会慢慢地理解我并走近我的。

一想到英子，我的心就无由地欢畅！这里的一切也都变得十分地亲切。我现在丝毫不想地域（比如省城、岳陵或德山）的尊卑与高低，因为爱，一切变得无须衡量与权重。我想过，哪怕英子毕业分配去了远方，我都会坚定地爱她并跟着她去。

我想过小眉。如果说她还会重新爱我，那她也是想要我调回省城去。

她是不会乐意来岳陵定居的。我太了解她，她是不会为了我而真正来到这个小地方的。她下乡在这儿，好不容易回到省城，又让她跟我来到原地，她怎么能接受呢？正因如此，我才回避着她。否则，我不是也很自私么？她只是想在省城等我，我若与她重归于好，那我的心肯定会走，这里又成了我的不安心之地。不行啊，我这颗心不能跑啊。我要安心在这里。为了安心，我只能爱英子，不能再去爱小眉！

小眉，你去找你理想的人吧。你在省城找一个爱人吧。我愿祝福你。但我不能再爱你。我也不想再爱你。

英子，我爱你并没有私欲。我的爱就象少年维特一样纯真。我希望在你的身上找到我的心灵慰藉，找到专业上事业上的共同点。我学的政教专业，你学的政史专业。我们是同道人！

如果你不能接受我的爱，我也不会恨你。我只会遗憾地离开你，只会轻轻地离开你。我将永远以一个老师的心态关心你，关注你，并期望你永远幸福！

只要我能爱上英子，我就会爱上岳陵和这里的一切。我的心就不会有任何的牵挂与忧虑。如果我再爱上小眉，我的心就会躁动而要飞向她的身旁。我的事业在这里。师专的课堂是我的人生舞台。我的心跑了，这里的事业就会由此葬送。我不愿做旧情的奴隶，我要做新的主人。我只能爱英子。我要像维特一样地无私无畏地爱着她。

请原谅我的痴情。以后，那怕是要我跟着她去德山，我也十分愿意。

英子，我是从痛苦的爱情中挣扎出来，才遇见了你。所以，我是那样地抑制不住自己的心跳和狂喜。

## <u>1983年6月26日</u>

英子，当我突然看到你——你坐在教室后面倚窗的座位上，你的表情是那样地异样！你怎么独自一人在教室里自习啊？当我想走近你时，你却快速地回避我，悄悄从教室后门出去了。我追着你的背影，你却那么快地下了教学楼，往自己的寝室方向而去……

是我的火热感情，造成了你的惊恐吗？还是我没有把小眉的事早早告诉你？如果是前者，我会降低我的热情；如果是后者，你要给我时间与机

会，我便对你倾诉与解释。

# 1983年6月27日

今天，是我这个学期《哲学》最后一课。这学期讲《辩证唯物主义》，下学期讲《历史唯物主义》。我想，下学期应当还是我来续讲英子班上的《哲学》吧。

# 1983年7月2日

当我的心渴望见到你时，上天就这样仁慈地安排了你和我的相遇。当你走到我的身边，我的心就不由自主地跳动。心跳得那么厉害。你的眼眸分明写着你的情意。你温和又尊敬的称呼，让我的心沉醉在无以言述的甜美和幸福之中，这种感觉让我忘记了一切人。

你并不主动对人施以温情。在你的身上也看不到做作的妩媚。你总是持重而端庄。你走路有点急，但却有一种神采奕奕。是上天安排你来到我的身边。但愿上天美眷我，不要再来惩罚我。

看得出，你不是一叶水上的浮萍，而是像一枝凌寒的傲梅！你有多么的清纯与质朴！你有多么的矜持与优美！

当我们相遇时，你我的目光总是不约而同地聚合在一起。我的心在怦怦跳，我想你的心也一定在跳。相互的激动无语让你我皆在陶醉，无须任何多余的话语就能表明一切。"我爱你！"　"我爱你！""我爱你"这三个字并不需要说出来，因为，目光当中已然有了一切的情意。

你的爱不是通过你自己而被确证了吗？英子，我看着你朝我走来。你走进校门生活区。我远远地看见了你。你也老远看见了我。我看见你和饶琳走在一起，朝我走来。近了，近了，我怎么也害羞地第一次低下了自己的头呢？我是害怕迎着你的目光吗？我还是害怕自己的心跳而有失老师身份的持重？我还得看着你！我迎着了你的美丽而灼灼的目光！

"哎，普老师！"你又像以往那样欣喜、羞涩而主动地叫我。

"哎，潘英子。哎，饶琳。你们从哪里来？"

"刚从市区回来。等一会上自习去。"

"是在寝室，还是去教室？"

"先回寝室吧。"

"老师，你去哪里？"饶琳问我。

我说："我去校园里走走，到南湖边走走。"

"那我们等会来教室自习吧。"英子回答我。

她们的教室就在教学区靠着南湖边上的一栋新楼里。

"希望你们自习以后，能来南湖边散散步。"我深情地望着英子说。

"嗯。"英子答应着，她的激动是多么明显多么生动地即刻浮现在她那惊喜的脸颊上！她又那么本能地快速而含羞地低垂了她的头。我为了不让她不自在，我的视线即刻转到了饶琳的脸上。饶琳的脸上所呈现出的却是一种带惬意的暗笑或偷笑。

美好的感情复活了。潘英子不再回避我。她也许也并不想太多地听我前女友的故事。我不要在她面前再说小眉了吧。小眉已成往事，说了也会让英子不自在的吧。

英子先去寝室。我先去南湖边。我脸上有了难得的笑意。我全身都笑了。欢乐充满了我整个的心身和血液……

我在南湖边散步，只等候着英子自习后的到来。我等到夜里11点钟，她还没有来。是饶琳不愿意跟她一起来？还是她一个人又没有了勇气，不敢在这夜色下与我共对这夜色和南湖深情的柔波？

# 1983年7月5日

潘英子这几天都在迎接期末考试。她要以复习功课为重。英子，你还是好好温习功课吧。我只是想哪天有机会要当面告诉你：你是我所见过的女子中最美、最可亲、最动人、最无与伦比的人儿！自从在省城的湘江大桥上巧遇你，你就在我心里成了我的一个亲人！

今天遇上你参加考试，我监考。我看你坐在教室里考试时的样子，似乎你忽然不是一个学生了，而是一个在思想、理智、感情上都成熟了的人。我从你的答卷字迹中，看到了你的思潮如涌、神情庄严和心灵起伏。你也许也感到我在你身边的走动和对你的独特观察。

你的眼睛虽然没有看着我，但我感觉你的心灵在审视我！

# 1983年7月13日

明天学校正式放暑假。今天，许多学生都走了，回家了。我正担心英子是否也走了，却在傍晚的南湖边遇着了她。

呀，她是否是为上次来践约的？她正好独自一人在南湖边走来走去。我不能放走她。我迎了上去。

"潘英子！"

"普老师。"她叫我叫得很轻很轻。

"你哪天回家？"

"明天……"

"喔。饶琳走了吗？"

"下午走的。"

"高丽亚、卓亭亭呢？"

"都下午走了……"

"你为什么没走？"我问。

她用一种心事重重的眼神回望我，"我想独自回家。今晚，寝室里只有两个人。"

"喔。我早就想找你聊聊。今天真幸运。"我认真地看着她的瓜子脸儿，有点讨好她的语气。

英子坐下了。她坐在了草地上，面对太阳已经西沉的南湖。

我也坐在了她的身边，她的右侧。我也看着太阳西沉下的南湖。

之后，她向我倾诉师专苦闷的乏味的生活。她说："我到这里一年了，还没有找到想象中大学的那种氛围和感觉。这里像大学吗？老师管学生像管中学生。这里既不活跃，又没生机，我们一个个都老气横秋的……"

"英子，你还有哪些不满意？"

"说了也没用。不满意又能怎么样呢，只怪自己高考分数不高，才上了个专科罢。"

"那你为何不复读一年？"

"我怕在复读班上别人说我是落榜生，心理更不好受，所以就来了。好在师专的自然景色安慰了我。"

喔，英子的心理与我相通啊。我们都接受了这里的大自然，但并不都是心甘情愿到这个学校来的。

"老师，你安心在这里教书啊？不想回省城啊？"英子提到了这个重要话题。

我说："我若在这里爱上了一个人，而她也爱我，我就会安心，也就不想回省城了……"我直入主题，挑明白说。

"你还没有爱上那个'她'？"

"我不知道她是否真爱我？"

"…………"她沉默。

"…………"我也沉默。

"普老师，我肯定是毕业回德山去的。"

"德山好。若命运让我去，我也愿意去。"

"你骨子里是想回省城你的家乡吧。"

"短期内，学校不会放我回省城的。"

英子站起来。天色也不早了，我便送她回女生宿舍。果然，她宿舍里空荡荡的，只有一个矮胖女生马金娥在那里看书。

"你们注意关紧门，我走了。"我向她俩告辞。

我回到青工楼单人房里，内心忽然觉得很平静。因为今晚潘英子把话说到了本质上，那就是她要回德山，我会愿意跟随她去么？

# 1983年7月14日

今天上午我从科主任那里得到了下期的"教学任务"。禹达夫是这样说的："下期你教《政治经济学》。"我大吃一惊，"我的《哲学》不是还没教完吗？"他魁梧的身材，有力的手掌拍拍我瘦削的肩膀："马克思主义的三大组成部分你都教一下，这样对你有益。""可这马克思主义的第一部分还只讲了一半呢？""哎，主要是《政治经济学》缺人手，你先教一轮。""哪个班？""还是你教的这个班。只是哲学《历史唯物主义》部分换别人教。"

听说还是可以教潘英子这个班，尽管我很不喜欢《政治经济学》，但还是接了下来。

我想今天回家。我想约潘英子一起走，因为她回德山是坐火车到省城，再中转长途汽车回去。我兴奋地去她的寝室，却只见马金娥一个人在。

"潘英子呢？"我问。

"英子一早就走了。"

我连看都没看马金娥，就急速退了出来。我仿佛全身发软，有如我忽然之间失去了我的所爱……

# 1983年7月16日

我现在回到了省城家中。我的这个漫长暑假怎么过啊？我想过再去德山见英子的爸妈，但又觉得这样太唐突也没有什么名正言顺的理由。我只好给她写信。我在信中向她挑明了我在南湖边对她说过的那些半明半隐的话，并要她把我的信交给她爸妈看。

我在信中说："真正的爱是无条件的。小眉爱我是有条件的。而我爱你却是没有条件的。"我也阐明了我的有关"师生恋"到底道德不道德的观点，并希望得到她爸妈在这一观点上的认同。我在期待着英子给我回信。我相信她会回我信的。

# 1983年7月25日

英子终于给我来信了！她的信如下。

普老师：

最近好吗？我知道你可能在急切等待我的回信。我真的好为难，好矛盾，好犹豫要不要给您回信。我写这封信也是战战兢兢的。我没有谈过恋爱，完全还不知道爱的含义。我爸说我只有18岁，这是早恋。我妈倒是护着我。她说她很喜欢你。她说你文质彬彬、眉清目秀，虽然瘦了些，但个头还算高。我爸说，省城人不可靠，没有我们地方人对人诚实。我妈反驳我爸，说你很执着、很诚恳。我爸还是说我年龄太小，谈婚论嫁过早，并说希望我毕业回德山。我真是心有点乱，第一次遇上这样的事，又还是自己的老师……

　　我过两天要住到乡下一个亲戚家中去。我是躲到乡下去看书。在家里，经常有过去的同学来找我玩，可我只想多看点书。到乡下后，我还要练下毛笔字，有时间也像你一样画画。我喜欢中国画，但不喜欢西洋画，如《蒙娜丽莎》就看不懂，画面像个丑老太婆。

　　好了，老师。我这封信反复修改了三遍。我好怕写错别字……

　　问你的父母好！

学生：潘英子

7月21日晚于德山

　　读了这封信，要知道我是多么欢快多么激动多么欣慰啊！这是她给我的第一封信！我把她的信一字不差地工工整整地誊抄到我的《南湖日记》中，以让这封信温暖我的心。她的字写得真是一笔不苟啊，可见她写这信时是多么地认真和郑重其事。她的钢笔字结构稳，笔划交待清楚，像是练过柳体字。字的墨迹是黑墨水，不是蓝墨水。由她的字也能见出她的姓格：不是柔弱的女孩子。她有俊俏的外表，也有明朗的姓格。

　　她尽管只有18岁，但她的性格已经成熟。她的思想已不是小女孩样。我把她的来信捧在手心里读了无数遍。我是既心跳又心忧！我知道她被我的爱打动了心扉，但她又没完全进入到恋爱之中。她主要是不完全了解我，特别是我的过去及情感经历。我想完完全全向她坦陈我的情感往事，但又担心她接受不了。不让她知道，她对我就有陌生感。这是我的矛盾之处。当然，更重要的是我们没有太多面对面交流的机会。虽有无数次的激动相遇，但那只是偶遇。

　　我真想跑到德山去，到她说的乡下去陪她度过这个漫长难熬的暑假！但我没有太多理由去找她。我只好又给她写信，希望她能答应我去陪她。

　　多想立即飞奔到她的身边，倾诉我对她的爱恋和想念。可我只能等待。我等待她再一次的来信。

## 1983年8月6日

英子没有再回信。我猜她一定是到乡下去了，所以，接不到我的信。

但她爸妈收到我的信，一定会转交给她的吧。信中我要她到省城来玩几天，到我家中来看看，见见我慈祥的父母。我和父母说了英子的事，他们很轻快地就答应了，说找个学历相当、年龄比自己小的女孩很般配。也没有反对我以后去德山。

我等英子的回信等了20天。我的内心焦急如热锅上的蚂蚁。我心神不宁，情绪难安。我不知道我与英子之间会不会有情感的进展和最终的美好结局。这其间，小眉来了我家。她居然又来找我了。她还来找我做什么呀？我们之间的情感已如流逝的湘水，一去不返。而我又有了我的"新人"。我不再害怕异地。我爱上了岳陵。我甚至愿意去德山。省城也不是什么天堂。以前我是很害怕离开省城，现在我的心已经飞离了省城。我甚至都想早点回到岳陵师专去上课。只要上课，就能又见到英子。我不再恋家，不再恋省城。我觉得我的家乡之恋或不恋完全是因爱情而定。爱情可以把我带到天涯海角！

幸好我没有见到小眉。那天她来家时，我到湘江边散步去了。我回到家时，妈才告诉我小眉来过了。妈说她憔悴了许多。她听说我不在家，就去湘江边找我，可没有找到我。

父母也不希望我与小眉恢复旧情。他们认为小眉只会让我又不安心工作，因为她不可能去岳陵。"四海为家，事业为重。"这是父亲对我说的话。而潘英子既可以让我安心岳陵也可以安心于省城以外的任何小地方。不过父亲也说，希望我能说服英子留在岳陵或让学校领导照顾她毕业留校，这样，我俩就能好好在师专干事业了。

这些天里，我在家以猛读书的方式来排解自己对英子的想念和渴望。我知道英子都躲到乡下去读书了，我作为她的老师若不多读书怎能为人之师？我要比学生多读10倍的书才配"教师"这一称号。

这10来天里，我细读了《论语》、《孟子》、《老子》和《山海经》。"不患人之不己知，患不知人也。""敏于事而慎于言。""人之患在好为人师。""君子莫大乎与人为善。""知人者智，自知者明。知足者富。""慎终如始，则无败事。"

慎终如始，则无败事！慎终如始，则无败事！！慎终如始，则无败事！！！我要把对英子的爱进行到底，否则我就必败无疑！

# 1983年8月7日

小妹妹，小英子，她又来信了：

老师：

　　我已经住到了乡下。这里叫桃源。我住在一个叫白马渡的地方。这里有一条河，叫尧河。尧河很长很长，曲曲折折，水清见底，碧绿碧绿。这里也是高丽亚的家乡呢！

　　我住的门前就是尧河，这是我外婆的家。我小时候就常到这里来住。不过，外婆早走了，只有小舅还在这里。

　　这里距陶渊明的"桃花源"不远了。

　　我不敢想像你能寻找到这里来。我也不敢把再具体的位置告诉你。我写这封信，没有告诉家里。你不要再往我家里写信了。你能做到吗？

英子

8月2日

我的英子，可爱的小英子，小精灵！从信封上寄信人署的"白马渡"三个字和乡邮所邮戳，我就一定能找到她！等着我吧！

# 1983年8月10日

爱情是一只丘比特金箭，它一定是箭中了我。我坐长途汽车，直奔德山。我没敢停留，当然也就没敢再去潘英子家，即转桃源县。车到桃源县，又转"白马渡"。我的天呀，尧河是看见了，可英子你到底是住在哪个位置呀?!

好在，我也曾有过高丽亚的家庭地址。我若一时找不到英子，就顺道去高丽亚家看看吧。

我随身带着我的《南湖日记》和一个速写本。现在，我住在一个农妇家，并知道"白马渡"和高丽亚家都不远。我先写下这篇简短的日记。

# 1983年8月13日

三天的寻找，我先是找到了高丽亚家，她妈原来是村干部，一定要让我在他们家住一晚，还没完没了地向我寻问她女儿的学习及生活情况。她爸妈以为我是专程来他们家玩的，有什么具体的想法。我告诉他们，我是要去"桃花源"游玩和写生。他们才同意我离开。

我也终于找到了"白马渡"，终于问到了英子舅舅家。我猛然出现在英子面前，她惊呆了。她的瘦高又黑的小舅更是木然地望着我，但英子的脸上已是泪花闪动，但迅速又是面容桃花般灿烂……

# 1983年8月14日

我带着英子画尧河。我画速写，也画素描。我画了一幅又一幅。一幅又一幅。一幅又一幅。我画了许多村民男女老少。英子只是专注地看着我画画，并在一旁发出一声声赞叹。

我与她手牵手，或呼喊，或奔跑。仿佛置身无人的世界，也真是置身于"桃花源"中。村民们看着我们，或惊讶，或议论，或指指点点。

小舅喊我俩快回家吃饭，我俩犹犹豫豫地慢慢腾腾地走回他的家吃饭。

# 1983年8月15日

我们去游玩了桃花源。摘句如次：

红树青山斜阳古道，
桃花流水福地洞天。

偶闻黄发石中语，
时有白云衣上生。

秦时明月，
洞口桃花。

我自己也得句如下：

流水潺潺，泉水清清。
石级小路，幽然而登。

英子却开心地唱了一支歌：

妹妹找哥泪花流，
不见哥哥心忧愁……

# 1983年8月17日

在尧河边，我虽不敢亲吻英子，但真真切切地拥抱和搂抱了她……

我与她回到了德山市。我说去她家，她说不要去了。我都住在她小舅家了，为何不能去她家住一晚？她说："现在就是不能去！"我只得作罢。

我带着她在沅水边又画了《沅水渡口》、《沿江小巷》。她带着我参观了"德山天主教堂"。她让我连夜买火车票回省城。

我于是回到了省城的家中。

# 1983年8月19日

这几天夜里，我都在做梦。我总是梦见和英子在一起。

我又梦到师专开学了，我竟像她的学长一般与她会面了。师专的僻静、幽美与清丽，让我觉得这其实是一所再美妙不过的胜地。

我梦到，我和她一同走在校园里，一同行走在郊区马路上，一同往市区去。我们无拘无束，手拉着手。她的同学从我们后面追喊着赶上来，我们也无所顾虑地继续前行。在一家商店里，我们一起打量着购物、买东西。她看中了一件花衣裳，我在一旁掏钱并给她穿上。我开心地打量她。她的脸蛋是那般清澈、纯朴和洁净，又黑又亮又有神的两只大眼睛不时地回望着我，征求我意见："这件衣，到底美不美呀？"她的瓜子脸，端正鼻梁，匀称嘴唇，让我产生亲近的冲动。她朝我透出一丝浅笑，羞涩的笑，甜美的笑，我感到一种内心的莫大欢悦。她的可爱的脸庞就是我的满足。到了市区的大街上，我们歇下了，在一间小吃店里吃了点东西。然后，我们站起来，面面相觑。我不由自主地飞吻了一下她的额头，她是那样地娇羞，并笑了。我们又一同手拉手地跑向了街头……

## 1983年8月23日

我实在不能在家里呆了。我要回学校去。要么，我就请英子到省城，来我家里玩一玩。她回了一封短信，说进一步熟悉后，再上我家看我父母。

我提早回到了岳陵。我在师专等盼着英子的回来。师专开学并正式上课在9月5号，还有十来天呢。

## 1983年8月26日

今天，我认识了一位新朋友，刚从湘潭大学哲学系毕业分配来政史科当老师的路政辉。他23岁，高个子，清瘦，戴副深度眼镜。他被安排教新生的党史课。他被安排与我住在了一个房间里。他开朗的笑容让我接受了他。我觉得自己也没有那么孤单了。

## 1983年9月6日

我那颗渴见的心在久违的时光里煎熬苦度，它只能借助那美妙回忆的意象来弥补现实的不足。这个意象是那样具有神奇般的力量，它只在你闭目静思的时候就跑出来并将其他一切意象冲走。这个意象独占了我心的位置。

是上天赐予了良机，我们又在校园相遇了！她从远处而近，睁大了她那欣喜又惊奇的眼睛，笑的喜悦在她那激动无语的脸庞上。她欲言又止地专注着我，我心领神会地迎接着她的目光。

这种凝视的激动无语才是最美好感情的见证呢！它是那样让人心醉。它是没有言语的心灵表白！

同在这今天，第二大节课，我又给她们班上课了。我的激情在课堂里燃烧。我的心潮在课堂里澎湃。我在享受着这美妙无比的课堂，因为课堂里坐着我心爱的姑娘！

## 1983年9月9日

心儿是多么地不可理解，它不能压抑住自己而走近了她。可双方的心却在慌乱激动中跳荡……

真想在这空阔的校园里纵情地大喊她一声——我的英子！她好像也想深情地喊我。但我与她谁也没有喊出谁的名字。

中午的阳光真好。我看到她在寝室外面坡地处绿荫下的水泥台子上缝被子。她低垂着头，额头浸着汗珠，眼神专注，脸上是被阳光温度逼热的红潮。她只顾着用手缝着她的绿色花被子。我近前拍了一下她的肩。她一回头、凝望，"你吓死我了！"

我笑了。笑了。

"屋里不能逢被子，外面这么热？"

"寝室里没这么大的地方，而且也闹。"

"喔。"她还是个心灵手巧的姑娘！

马金娥走过来了。她从寝室里出来，手上拿着的竟是要凉晒的胸罩和红短裤。

我忽然心慌，也很不好意思。我快步离开。英子忽然也很惊慌和胆怯似地搂着被子就跑回了寝室……

## 1983年9月10日

今天上午全校师生都去市区东风广场观看一场宣判大会。潘英子，卓亭亭就站在了我的前面。天空是阴沉沉的，十个罪犯背插长长的死刑木牌站在台上，头被按得快低到了地上。

英子的神形好像很紧张，看了一会就要走开。卓亭亭看见了我，一把拉住了英子，"老师在呢！"

英子回头，对我一笑。"你也来看啊？"她问我。

我朝她俩点头。

"普老师，今天是星期六，本来是你的《政治经济学》课，结果被这宣判大会给冲掉了。我们宁愿听你上课，也不愿来看这恐怖的宣判。"卓亭亭的话。

我望着英子，想听她对我说话。英子看着我说："我也是宁愿今天听课。"

听了她俩的话，我心中感到宽慰。"我们一起回学校吧。"我问英子。英子看了一眼卓亭亭，便朝我点头。

在回学校的路上，我不敢只跟英子说话，而是故意多跟卓亭亭说话。英子脸上忽然很不高兴，她竟一个人快步走到公交站，先就上车，走了。

卓亭亭觉得莫名其妙，"这个英子，老师喜欢的是你！不是我！"她也去追那俩公交车，结果把我一个人给甩下了。

晚饭后散步，我又遇见了卓亭亭。我就把她叫到了我的寝室。路政辉以为她是我的女朋友，我说不是。

我对卓亭亭说："你愿意帮老师一个忙吗？""老师，你说。""英子今天生我气了，你跟我做做她的工作。我不是故意不跟她说话的。"

"她没事了，只是当时不舒服而已。"

"另外，我要告诉你，我确实爱上了英子。我和她也在暑假见了面。但我不知如何进一步与她交往，因为我还是很在乎同学们的目光与议论的。今天我就是在乎你的感受，才故意少跟她说话的。现在班上有议论说我追求潘英子，我也不知要如何做才能让这种议论少一点。请你帮帮我！"

卓亭亭表情略有点拘谨地对我说："我能怎么帮你呀？你要我为你具体做些什么呀？"

"对了，你就去劝英子毕业不要老想着回德山，让她答应毕业后愿意留在岳陵。"

"老师，我们才进大二，到毕业还早呢？她好像跟你说过她爸一定要她回德山吧。老师，这事你不能着急。"

"说白了，我是想通过科主任让她留在我身边。"

"老师，我觉得你有点自私！"

自私！我有点自私！？卓亭亭说出这样的话，我感到很惊讶。

路政辉过来插话："普老师，你爱上学生啦？师生恋可不是好玩的！恋爱是火，师生恋更是烈火。你小心别害了那个女孩，同时，也烧着了自己！"

"我知道。我知道。我知道。"

卓亭亭走后，路政辉还在笑话我：追学生，胆真大。我说，我25岁了，我有爱的权利！法律没有明文规定：师生不许谈恋爱！

# 1983年9月13日

课堂里的英子仍然是那么专注地听我讲课！因为有爱，我站在讲台上，思维、灵感变得异常活跃。简直就是行云流水，奔溢不止。我神采飞扬，豁达展放。我在讲台上极尽地表现自己，以吸引潘英子对我的爱与崇拜。

英子听课时，真的是不时流露出惊喜与崇拜的表情。当然，我也有刻意表演的成份。我主要是在知识上引经据典和旁征博引。但她听课时表现出的那种欣喜笑容确实是美妙动人的。我的话幽默、风趣。我善于在讲课中穿插些小故事，不时就把她和其他同学逗笑了。她时儿把自己的欢喜压到低头状，时儿又控制不住地抿嘴一笑。课堂里，我觉得我崇高极了。课堂下，我则平易地与所有同学交谈。我有时欢笑，有时严肃且不苟言笑。但我总会看到下课后的英子还在远处座位上用她羡慕的目光凝视着我。那目光让我窃喜又心跳。她这种凝视的目光包含的是一种怎样的情意啊！是爱情，绝对是爱情！

我喜欢这种羡慕，它同时包含着敬慕。她眼神与目光的内容太过丰富，也太奇妙动人！我对自己说：我真幸运！

# 1983年9月20日

有人敲门！我心一惊。打开房门，竟是英子！

她手上拿着一本书，是《少年维特之烦恼》。她竟也有一本这样的书？只不过她的是绿皮的，我的是蓝皮的。出版社不同而已。因为我多次向她提过这本书，所以，她就弄了一本？一问，她是借了学校图书馆的。

　　她的表情羞涩涩的，周身都有点不自在似的。"普老师，我来与你讨论一下这本书中的情节与人物。因为你要我读，我就读了它。"

　　"喔，好好好。快进来，坐！"我的表情如喜逢甘霖！

　　我让她坐在了我的单人床上。我的床已横摆在房的中间，面向靠窗的书桌。我是有意划出一半空间，与路政辉隔开，以构成我独立的小空间。我的床挂着白色的蚊帐，英子坐在里面与我交谈。即使路政辉开门进来了，他也只能隐隐约约见到蚊帐里英子的模糊身影。

　　我泡了茶端给英子。她端着我给她的热开水。我特意在里面加了一点白糖。她用她的红红嘴唇呡了一小口。她双手握着的白色小瓷杯，那热气在杯口上缭绕萦动。

　　"小说认真看完了？"我问她。

　　"看了两遍，三个通宵。"她眼睛大大地看着我说。

　　"喜欢吗？"

　　"不太喜欢。维特为什么要开枪自杀呢？好好一个有情有义有才华的人。"她瞳仁中有几缕惊恐在浮动。

　　"维特对夏绿蒂一见钟情而又不能自拔，为忠于爱情而死！"

　　"真爱而不能在一起，为什么不能退避开呢？活着总比死好。死有什么意义？死就什么都没有了。他的死也会让夏绿蒂痛不欲生啊！生命比爱情更重要吧。为爱情而死不是英雄而是懦夫呀。"

　　"英子，我只问你有没有被这种爱情所打动？"

　　"没有，我觉得很不可思议，也很不理解。当然，维特的爱是真爱，并不是那种占有之爱。"

　　"喔……"我正说着，路政辉猛一推门，并大声嚷嚷地进来了。

　　英子一惊，兔子样跳下床。她把茶杯放到我的书桌上，带着她的绿皮书就要走。"有人来了。"她对我使眼。

　　"没事，是科里的路老师。"我挡住她，不让她走。一个想走，一个不让走，结果我俩竟粘贴在了一起。

　　我很冲动，又很不好意思。她的脸羞红万状，全身都颤抖了起来，因为她只穿着一件白色衬衣。

　　"你实在要走，拿我一本书去看吧，《拜伦传》。下次我俩在后湖那里散步，再谈读后感。"我把床枕头下还没看完的《拜伦传》塞到她的手上。

她拿着两本书走出我的半间房，正好与路政辉撞了个满怀。"哟，这么漂亮的女孩子，普少翱的女朋友？"路政辉一口湘潭口音。

英子的脸红得像太阳，一扭身就快步走掉了。路政辉大声嚷着对我说："普老师，大白天的，你在自己的小天地里藏女学生啊！"

我一下就用我的右手捂住了他的嘴巴。他个头比我高，我仰首对他不断使眼色。"她还没走远呢，听得到！"

路政辉立即不语，但事后还是对我说："你与学生谈恋爱，只能搞地下战线，千万莫公开化！学生爱老师会有自卑感，也怕丢面子。太张扬开，她也会承受不了校园里的议论的，到时就只有远远躲避你了。哥们，小心点！"

我朝他点点头，并会心一笑。

# <u>1983年9月21日</u>

中秋夜酒聚即咕

四海志士，
欢聚一堂。
开怀畅饮，
情意永长！

四个人，夜坐青工楼阳台上，围方桌四偶，中秋月下，饮酒欢聚。得友人李溢、路政辉、乔羽平，加上我。共贺新谊，并畅言爱情之真谛。

李溢："我认为，爱情应当是以性爱为基础的友谊。有性爱无友谊或有友谊无性爱，都不能长久保证两性的结合。一般来看，总是男子负心多，女子负心少。女子有一种依赖感，心地比较软弱。所以，维持爱情关系多在男方。一个男子感情过于浪漫，易于转移，必不会有真正爱情的获得。转移了一次就可以转移两次、三次。而女子的感情真诚付出一次后一般难于舍弃与转移。所以，爱情的维系多在男子。"

路政辉："师生恋很美好。若是女学生追老师，成功率较大。反之，男老师追女学生，失败者多。"

乔羽平："我们物理科有位青年男老师，爱上所教班级一女生。但他一点也没有声张，待她毕业时就安排留校了。这叫智慧，终成正果。他们现在是夫妻，真好。"

我耐心听着他们的高论和见闻，觉得怎么面对爱情，面对英子，更加茫茫然了。

# 1983年9月26日

今晚，我让班长柳亦农陪我去女生宿舍听取《政治经济学》课的教学意见。女生见我不是单独而来，还有他们的班长——一个帅小伙，情绪都特别地高涨。她们又是泡茶又是递吃的，比我一个人到访时客气多了。

当我俩到达潘英子的寝室时，已经较晚了，但她们还是表现出了热情的欢迎。听了一通她们的教学意见后，我说："可不可以看看你们的听课笔记？"于是，她们相继递上了各自的《政治经济学》笔记。

我以看她们的笔记为借口，实则关注着英子的笔记。让我惊叹和喜悦的是，潘英子的笔记写得最工整，最全面和最认真。我熟悉她的笔迹，但我依然没想到她对我上课所讲所板书的内容会记录得如此详尽。她的字个个好看、端庄而灵动，有一种钢笔行楷的美。看着她的字尤如看到了她的脸，这真是一种奇妙的感受。让我惊奇的是，她既要快速地记下我的讲课内容，同时字怎么又能写得如此工整而又妍美？而且，她的笔记本的页眉、页底和页侧处都写满了许多激励自己的话：

"一定要认真听课，详细地记好笔记！"

"切不可马虎！"

"向张海迪学习！"

"不要时冷时热！"

"切记：理解！理解！勿忘！"

"普老师，你慢点讲……"

"这句话不懂，下课要大胆找老师问！"

　　她在详尽的笔记本上还记下了我在课堂上说过或板书过的许多名人名言或格言：

　　"宝剑锋从磨砺出，梅花香自苦寒来。"
　　"吾爱吾师，吾更爱真理。——亚里士多德"
　　"博学之，审问之，慎思之，明辨之，笃行之。——《中庸》"
　　"严肃啊！人生，明朗啊！艺术，幸福啊！思维。——席勒"
　　"书山有路勤为径，学海无涯苦作舟。"
　　"走自己的路，让别人说去吧！——《神曲》"
　　…………

　　我在看她的笔记时，也用眼睛的余光偷觑她。她独自坐在她的床位上。她住高低床的下铺。她显得很拘束很不安的样子。她见我老觑她，就忽然走开了。我跟班长一起打量她们的床位，潘英子也是整理得最干净最漂亮的！再看她的书桌，小书架中整齐地摆着十来本书。我发现我的那本《拜伦传》也在其中！这使我内心有种小小的激动。

　　夜已有点晚，我和柳亦农退出女生宿舍。就在我与柳亦农分手在月光下的小路上时，英子忽然跑出来，喊住了我。她双手谨谨慎慎地捧着一本书，急速地走到我的面前，带有激动神色地说了声："普老师，书！"

　　是《拜伦传》。她还给我书就速转过去，跑回了她的寝室。

　　这让我很不理解！我也十分地疑惑不解。

　　你还没有跟我谈这本书的读后感啊？我还等着你带着《拜伦传》再去后湖散步对谈呢。

　　她这是否意味着回避我？她为何不单独来还书呢？但她递书给我时的表情又分明是很激动的！若没有爱，她为何要这么激动呢？她的这种还书方式是害怕爱情了吗？她的激动或许仍然是羞涩并非回避？

　　我回到房间问路政辉，他说："她是爱上你这个老师了呢！哪怕是躲避、回避也是一种爱。女孩子害羞才会本能地回避呢！这都不懂，傻瓜！你还想让她来你的房间？她上次来就撞上了我，你认为她还敢来么？！"

　　是呀，英子的还书也并不像是对爱情的拒绝吧。她的回避或许是因为她不知道怎么面对这份让她激动不己的初恋呢？

# 1983年9月30日

　　心只是在遭到冷遇后才知道退缩。普少翱啊，你了解人心么？你了解潘英子真正的内心么？她真的需要一个大她7岁老师的爱情么？！心只有相互碰撞才能产生动人心魄的感情火花。

　　我或许是对她突然还我《拜伦传》这事过于敏感了。我在反思：我是否过于地一厢情愿？只有爱的给予而无爱的回报是不具有美学价值的吧。如果别人并没有爱情的需要，你过于主动地去奉献爱是不是会必然导致"多情反被无情恼"？

　　一见倾心一般是难于产生完满感情回报的吧。它像一种突如其来的凶涌浪潮，使承受者感到毫无心理准备的话，她也就只有回避了。所以，和谐而完满的感情应当在自然状态下，由双互的好感渐渐去达到情感的交融。这是双方有准备的，因而是可以达到情感融合的。

　　有时我搞不清自己是在真实的世界中或是在梦幻中。刚才小憩，我仿佛也确实听到了父亲的声音。他叫我。他来到这师专且进了我的房间。我回头望，正欲起床。他的面容太清晰了。我在起床迎接父亲……。当我从睡乡中回到现实世界中时，却又不见了父亲的身影。这种梦境很特别，不同于一般的梦或梦幻。确确实实似有人在叫我，我想起床但又不能爬起来。我极力挣扎着爬起来但就是爬不起来。后来，我又睡了下去，直至再一个熟睡后醒来。

　　我的心很乱。我的情感很乱。我的心没有依托。我忽然觉得我的爱情并没有靠岸。我的心苦涩。我的心沉重。我只觉得头重。我只想在睡梦中不要醒来。

# 1983年10月4日

　　国庆放假三天，路政辉想去省城玩一玩。他问我是否回家。我说也行。于是，我和他决定国庆一大早就出发。

　　我心中不时想着英子。要是她也能跟我去省城玩一玩该多好啊！我作出一个大胆的决定：我去邀请她全寝室同学一起去省城玩！我一早先去敲英子寝室的门，英子开了门，她表情很惊讶。

"我和路老师今天去省城过国庆节，你们怎么安排？"我开门见山地说。

英子还没有说话，饶琳便挤到了门边，大声说："我们本也打算去省城，打发这国庆三天假！"她头发都没梳好，乱蓬蓬的。

我心中一喜，问英子："你们几点钟出发？"英子说："大概会乘上午10点的那趟火车吧。""我家在省城。我可以给你们当导游！"卓亭亭在房中央跳起来，还拍手："太好了！太好了！来师专一年了，还从没有老师带我们一起出去玩过呢！"

马金娥远远地看着我，有点怯生生地问："普老师，你也算邀请了我吗？"我立即说："你们寝室的，谁愿意去，都一起去。我还准备带你们上我家里去玩呢。"此时，高丽亚从相邻房间过来。我问她："你也去省城玩吗？"她说："我就在岳陵市玩一玩。我们有三个人一起去岳陵楼，并去古城墙上走走。"

我内心有点小激动，回到青工楼对路政辉说了。他右手一拍大腿，脸上顿时笑开了花："好啊！有四个女生陪我们两个男老师一起玩，太幸福了！我要在她们中间挑一个做我的女朋友！"

路政辉这句话可把我吓坏了。他可别挑潘英子呀！英子已是我心中的人。因为我并没有对青工楼任何男老师说过或公开承认过我深爱着潘英子。

他若是去爱别人，当然就不关我的事。

我们坐在开往省城方向的列车上，挤在同一节车厢同一个隔断里。是两排对坐可坐六人的隔断。四个女生先是挤坐在我与路政辉对面座位上，谁也不愿坐到我们这边来。后来，我让卓亭亭坐过来。她就坐在了靠窗的里端，路政辉坐中间，我坐外边。英子坐对面靠窗，饶琳中间，马金娥外边。我竟与马金娥面对面了。我看着马金娥，心里很不是滋味，因为她长得太不漂亮了，又老是专注地看着我。我的内心真是哭笑不得。

路政辉面对环绕着的女生，开始谈笑风生，兴致极浓。他高谈阔论、引经据典，时而马列主义，时而尼采悲观哲学；时而毛泽东，时而佛洛伊德。饶琳兴致也高，就不停地问路政辉党史中的政治话题与政治人物。饶琳还问路政辉"什么是'资产阶级自由化'？""什么是'人的异化'？""什么叫'精神污染'？"路政辉胆子真大，居然说："中国可以搞一点资产阶级自由化。社会主义也存在着人的异化。精神污染……说白了就是党内斗争……"

我的妈呀，火车上那么多旅客，他居然敢如此慷慨激昂地谈论这些观点！

我立即捂住他的嘴巴，示意他会有乘务员路过旁听到。唉，列车长还真过来了。路政辉还算机智，马上改话题为女生们讲党史故事。我对政治没有什么好感和兴趣，当然，此时我也插不上嘴。路政辉在女生面前太会说了，比我在课堂里的口才还要好。我只有缄默。

我看英子坐在窗边也并未认真听路政辉的高谈阔论。英子老是双眼看着窗外，似有所凝思。英子不看我。她为什么不看我呢？上课时，她可是多么地专注我。我只想用眼睛与她交流，可她总不用眼睛看我。我心中很是失落，不知她的内心对我产生了何种变化。我表现得非常的沮丧和郁闷。我在火车上几乎没说什么话，并烦恼而痛苦地不时回避马金娥飘过来的目光骚扰。

下了火车，已是下午两点。我建议大家先游览橘子洲头。在我的引导下乘公共汽车开往湘江大桥。在桥头下了车，我们又步行返走到湘江大桥的支桥上，往水陆洲去。到橘子洲头，我看到英子的情绪忽然很高涨，只嚷着要照相。饶琳准备了照相机，她就为英子照相，又为卓亭亭、马金娥照相。

"老师，你们也来照一个吧！"饶琳喊我们。

"我们大家还是先照个合影吧！"我建议道，并请一个游客代为摁下快门。

接着，我和路政辉合照了一张。路政辉要和女生照相，饶琳问他是想和谁合影？"潘英子同学，你愿意跟我合个影么？"路政辉大方地问。

英子直摇手："我不照，我不照呢！"

路政辉就喊卓亭亭照。卓亭亭愉快地与他合了影。饶琳有点急的样子，"路老师，你不喊我照？"路政辉一笑："行！你过来！"

他俩站好，我双手端着相机，摁下了快门。

"普老师，您能与我照个合影么？"马金娥朝我说。我表情十分地尴尬，半天没反应过来，心里想的是怎么与英子一起照个相。

气氛沉闷了约一分钟后，"普老师，你就与马金娥同学照一个嘛！"饶琳说。我哭笑不得，路政辉竟把我推到马金娥身边，饶琳按下了快门。

　　英子对我做了一个狠狠的鬼脸，我心里想：坏了。

　　此时，饶琳去推英子，示意她和我合影。英子不动，但没有言语。饶琳又来拉我，"普老师，你还不邀英子照相啊？你想错失良机吗？！"

　　我明白过来，走到了英子身边。

　　饶琳端起了相机。"饶琳，等下我！"一个刺耳的声音从侧面飘过来，我转头一望，是金钟！他和学习委员柳亦农出现在了我们的面前。

　　英子立马羞愧地躲开了，我也知趣地闪开。我与英子的合影泡汤了。

　　"普老师！"柳亦农喊。

　　我只得点头。这个该死的金钟！

　　金钟不理我，走近路政辉，"路老师。"路政辉竟和他高兴地拥抱。天啊，他们何时认识的啊？

　　金钟居然不叫我，还用极为诡秘的眼神望着我。英子见他来了，脸色都吓白了。她为什么怕金钟？英子拉着饶琳的手就要离开橘子洲头，而且还小跑了起来。

　　"英子，你们怎么跑了？等等我！"卓亭亭也小跑起来。

　　"潘英子，饶琳！老师还要带我们去第一师范呢！就从这里坐船过河去！"马金娥喊。

　　我心想：糟了！女生全抛下我们了，我还怎么带她们上我家去玩啊？我还想着明天带她们一起上岳麓山的呢！

　　这个该死的金钟！说不定他就是跟踪着我们来的。路政辉也被这突然的变故弄得不知怎么回事，便很讶异地望着我。

　　我对他无奈地伸出双臂，"我们俩继续游省城吧⋯⋯"国庆的第二天、第三天上午，我是毫无情绪地陪着路政辉在省城度过的。

# <u>1983年10月5日</u>

　　国庆的第三天下午，潘英子和饶琳出现在了至善巷我家大门口。"请问普少翱老师是住这里吗？"我万万没想到她俩会来到我的家。我有一种置身梦幻的感觉。

　　"少翱，你有两个岳陵师专的学生来找你！"我妈在一楼厨房里朝二楼上喊。我在楼上后房听到我妈的喊话，都没想到会是潘英子和饶琳来了。

　　我从二楼走下楼梯，心里想，会不会是柳亦农与金钟？难道是金钟拉着柳亦农来我家告恶状？当我孤疑地走到一楼，进到堂屋，一眼看到潘英子时，我喜悦的小心脏快要冲到嘴里了。

　　我一个大步迈上前去握英子的手。饶琳站在一边很尴尬不安的窘态。英子不断向我使眼色，我才发现了饶琳似的，伸过去一只手，与她的手握了一下。

　　"上二楼去吧，到我的房里去坐！"我把她俩引到楼上后房。那里曾是我和二哥的房。现在，它其实成了弟弟的房，因为二哥住在工厂里。但这个房间仍有我的书桌和抽屉。房间的三面墙上仍有我高中时画过的山水画和几幅风景水彩画。

　　"随便坐，都坐床上吧！"我对她俩说。

　　她俩颇有些拘谨地紧挨着坐在床沿边。此时，我妈也从楼下端上来两杯凉茶，递给了她们。我妈没有向她们多说多问就又下了楼。

　　"老师，这栋小木楼是你们家的私房？看上去有些年月了吧？"饶琳打破僵局，主动问话。

　　我说："这是我爸与我叔爷爷在解放前1947年一起建的，原来我们家住二楼，一楼是叔爷爷与叔娭毑住，后来，他们分别去世，一楼也就全给了我家。我家在这条小巷里住有三十五年了。小巷的尽头就是湘江。你们若有兴趣，等会我可带你们去湘江边走走。"

　　"老师，您爸爸呢？"英子问我话。

　　"我爸爸现在不在家，等会应该会回来。"我说。

　　"喔，老师，你的兄弟姐妹呢？"英子继续问。

　　"我没有姐妹，只有两个哥一个弟，不巧，他们都没在家。但二哥和弟晚上肯定会回来。"

　　"老师，你会不会想到要调回省城，还是确定一直要留在岳陵？"饶琳又问。

　　我明确地告诉她们说："我的女朋友在哪里，我就会在哪里。"我用眼睛望了一眼英子。

　　饶琳说："那你是想跟随女朋友到哪里，还是要女朋友跟随你到哪里？"

　　我又看一眼英子，"哪一种情形都行。"

正说着，我爸回来了。我爸上楼的声音噔噔噔。当我爸走进后房，英子忽然紧张地站了起来，并说要走。

我爸问了她俩的名字。当他听到"潘英子"三个字，他一下就笑了，并说："你们二位同学留下来吃晚饭吧。"

英子连连说："谢谢伯伯，我们不吃晚饭。我们晚上八点多的火车要赶回岳陵。"

我爸就"喔"了一声，"以后要常来常往，不要太讲客气。我曾在德山制革厂工作过一年，那是个好地方。"

英子表情更加地讶异起来。我补充说："我爸说的是他1951年的事。你爸转业到这个厂应是之后的年月了吧，"英子点头。

英子和饶琳还是站了起来，准备告辞。"今晚我跟你们一起回学校吧，因为火车到岳陵会很晚，我可以陪着你们回学校。"

饶琳就说："也好，谢谢老师来回都陪着我们！"

来不及在家里吃晚饭了。我带着她俩在小巷内走了一个来回，没有带她们去湘江边。我带着他们在小巷出口对面的马路边乘公交1路汽车，直接去了火车站。

# 1983年10月6日

父亲来信了，说："少翱吾儿：你带着两个女学生离开家的当天晚上，小眉来家里了。她坐了很久。她虽然没能看到你，但留了一封信给你。现在，她的信随此信附给你。望你能特别慎重地处理好个人感情问题，对于你那个学生，你尤其要处理好。父嘱。"

我本不想拆看小眉的信，挣扎了很久，还是拆开看了。她现在的心意我明白。她想和我恢复感情。我怎么回复她呀？我不敢回复她啊！回复小眉，就意味着我要放弃英子。要放弃这个可爱而又认真了的英子，我的心中有多么地不舍和不忍！

我为什么要把自己真心所爱的人放弃而屈从于小眉呢？即使有那个金钟在阻止我和英子的感情发展，这又算什么大障碍呢？！真正相爱的人是无所畏惧的，并会跨越一切阻碍。

勇敢一点，冲破阻碍！虽然我要付出一些"师德"荣誉上的代价，然而这还是值得的。因为这是为着一个美丽的精灵——真善美的精灵而作出的牺牲。有思想的人啊，你千万不要迷失方向而走错路，让自己误入世俗与功利的窠臼中。

# 1983年10月7日

心从来没有这般苦闷彷徨过，它是一种隐痛。思绪从来没有这般混乱过，它思索不出一个头绪来。在爱的徘徊中，我几乎昏头转向，不知所措。爱潘英子吧，总觉得没有实质的进展。她似乎近了，忽又远了。她似乎远了，又仿佛在近前。她想走近我，但又不敢过于走近我。好不容易，把她盼来了我家，可她又拖带一个饶琳。我总觉得和她还是隔着一段朦胧的距离。好像总有一座无形的山，无形的河流横亘在她与我之间。我希望她快点毕业，以便让我好直接向科主任提出分配要求。当然，我最终也不知禹达夫能不能最终让我如愿以偿。

我也希望潘英子快快长大，她才18岁呀，而我25，奔26啦。如果我们确立关系，我可要等到她哪一年呀？想想也是一场难熬的爱情长跑，不觉又深感无望和胆寒。我过于向她逼进吧，既会吓着她，也有悖"师德"。我对她，真是有种爱亦难退亦不甘的彷徨感。找不到一个人能真正做我与英子之间桥梁的人。

最要命的是，现在又杀回来一个小眉。我对她真是爱恨交织啊。我大学毕业时，她对我的爱若坚定一点，不对我提条件，或许我不会被逐出省城吧。我正是因为内心太急切地想留省城，才在系领导面前失去了镇定，过早暴露了"私心"。玉珍惩罚我是因我沉不住气造成的吧。当然，玉珍对我也太没有宽谅与慈悲心了！我知道，这位党的书记，女总支书记，她有的只是原则，而不会对我讲什么资产阶级的慈悲心。这一点，我总算最终看清楚了。

我怎么能又回过头去爱小眉呢？爱她，我的心就不会在岳陵了，我的心肯定会被她带走。可我一时又回不了省城。我刚到师专不足一年，就说要调回去，领导怎么能同意？何况我又没结婚，如何会照顾我回省城？

小眉即使愿意与我重归于好，也决不会到岳陵来安家。她不会顺从我，只能是我顺从她。我若重新去爱她，不就是在向她举起爱情的"白旗"么！我不愿轻易向她的爱情投降啊！

我的心为何这般乱，这般苦。心久久都是苦的。我来到南湖边看夜景，希望它能冲淡我苦涩烦恼的心情。

# 1983年10月8日

"普少翱，你这次回省城一趟，好像心被人偷走了似的。你有点走神啊，神情惚惚忽忽的。你回省城前对岳陵挺有感情的，可这次从省城回来好似被什么人牵走了一样。你对岳陵突然冷淡了起来。你的灵魂跑了。你的精神没有出问题吧？！"路政辉的话。

是啊，国庆归来，我的心是有点乱。我不是心被偷走了，而是心被爱搅乱了。

# 1983年10月12日

在对潘英子的爱有一种进退两难的情况下，我决定还是找科主任来拿主意或作桥梁，以解决我心中的彷徨。我上科主任家，正巧卓亭亭在。"普少翱，你主动找上门来又有什么事啊？我和卓亭亭正在谈论你的事呢。我也正想让她去找你来谈话的。"禹达夫嗓音粗旷。

卓亭亭站起来要走，我示意她别走。我也正想向她进一步了解英子到底对我是一种什么样的态度或顾虑。

"你认真地爱上学生潘英子的事，我们科领导班子全知道了。同学们中一直有各种议论，有的理解，有的反感。你自己到底是一个什么最终想法和打算，说出来，领导好商量着看能否帮你解决。"李主任是友善的，于是，我便敞开了心扉。

"我确确实实是爱上了潘英子，卓亭亭最了解。"

"你是打算找了对象就安心在师专工作，还是最终又要跑？你说实话！"主任脸上很严肃。

"我是打算在师专安心工作，这也是我父亲对我的希望。"我说。

"你在省城是否确有一个女朋友？"

"此前是有，但她不愿意跟我来岳陵，所以就断了……"

"你要想清楚，你到底是爱谁？打算长久在岳陵还是回省城安家？"

"主任，您这样说，是可以让我调回省城？在省城安家？"我脸露惊喜。

"你们省城人啊，哪会真正安心在岳陵。如果你省城确有女朋友，是可以考虑你以后调回去的。但不是现在，至少是你结婚以后。所以，我问你想在哪安家。"

"如果我安心岳陵呢？"我反问。

"学校可以马上把你女朋友从省城调过来！"主任语言干脆。

"我的女朋友若不在省城呢？她就在师专呢！"我认真坚定地说，并看了眼卓亭亭。

禹达夫站起来，在客厅里不断踱步，"照这样说，你是真的爱上潘英子了？爱是要负责任的喔。"

"是的，我决定把她当我的女朋友，并安心在师专成家。"我明确地说。

李主任目光转向卓亭亭，"潘英子同学到底喜欢普老师么？你了解她最终是个什么态度呢？"

卓亭亭坐在椅子里说："我私下问过英子几次，她知道普老师喜欢她，她也很欣赏普老师。但她说，她爸希望她毕业回德山。"

"喔。普老师，你愿意安心岳陵，这很好。我们当然要关心支持你的个人问题。但我们的原则是：潘英子可能不便留校，但分在岳陵市是可能的，这样，便可促成你们的关系。但她若要回德山去，那我们不会放你去德山，宁愿放你回省城！"禹达夫是这样的态度。

我的妈，这又是一个难题！我该怎么办呢？

"我去做做英子的工作，劝她同意毕业后分配在岳陵？"卓亭亭看着主任问。

"主任啊，你为什么就不能让我去德山呢？！"我站来大声问。

"与其你去德山，不如你留在岳陵。我们师专要人才。不想让人才外流别处！德山师专没资格与我们抢人才！我最大的想法呢，还是把你留在师专！我看，还是把你省城的那个前女友调来学校吧。你与学生发展这种关系，总归不大被人看好。"禹达夫又平静地坐回他的座位上。

可小眉骨子里不愿意再回到这个她与我曾下乡的岳陵地区啊！这句话

我在心里说，我没对科主任说出来。

但我总算知道了科领导对我个人问题的真实态度。走出科主任的家，我对一同出来的卓亭亭说："亭亭，请你一定帮帮我。你多做做英子的工作，毕业留岳陵吧。否则，我真怕要失去她……"

## 1983年10月13日

梦中的英子依然是那样含羞而可爱地凝望着我，注视着我。她向我奔跑过来。梦醒后，我还好一阵子激动。梦的幸福反而让我感到现实的可怕。我怕这个梦不能变成现实。

我要努力忘记这个美丽精灵！昨天，我从科主任家谈话回来又遇着了她，我假装着不理她。好在卓亭亭从我身边跑到了她的身边，拉着她就说个没完。我想，卓亭亭一定会把科主任的话和我的恳求带给她。其实，我好怕她拒绝我的请求，拒绝为了我而留在岳陵。我要战胜我自己的心，以摆脱爱的煎熬。

她的怀春总使我有一种内心的激动；她的自负轻高稚气可人；她的含羞使我着迷；她的冷慢使我苦涩失落；她的天真使我感到万物美好；她的胆怯使我感到一切没有希望……

## 1983年10月14日

因为——


因为你的纯真，质朴和娇美
所以我的心抑制不住激动
它将化作清清泉水
在你身边流过
它将化作柔柔白云
在你身边飘动

因为你的纯真、羞涩和无邪
所以我的心永远为你歌吟
它像一支牧曲
在你耳边回旋
它像一缕岚烟
永远在你眼前浮现

因为我爱你
并不一定要见你
我只在心中不时地去追寻你那可爱的意象
内心就有了温暖、慰藉与欢娱

因为我爱你
我忍耐着不看你
只要你不再因我过炽的爱而惊慌、无措
我就会有了内心永久安宁

因为我爱你
并不一定要"占有"你
只要我的记忆不失去常理
我就会在心中永远伴随你……

虽然我没有权利"占有"
可我有爱的权利
虽然这爱不能外在显露
可它在心灵里自在的飞

只要我没有失去记忆
你的形象就永远在我脑海中游曳
我脑海中的你不属于任何人——它只属于我
所以我的爱，会永远得到内心的满足

上苍啊，再赐我一个机会吧！我多么渴望英子成为我的知音啊。然而，她爸的条件，她的疑虑，师生关系的"道德律"好似一道道难于跨越的隔膜。还有她的年龄与我的悬殊，使我总是忧心忡忡。我再不敢主动为之，只有被动等待着她的选择。

上苍啊，对我开恩吧！我没有行过恶。虽然我曾有过失，但我已忏悔过千万遍。如果你再赐我一个良机，我将会成为人类中最善良的一个人。

# <u>1983年10月15日</u>

今天上课情绪有点激动。外面下着小雨，把我的心都淋湿了。第二小节课，我有十分钟抛开了专业，却在黑板上写下一首诗：

迷途

北岛

沿着鸽子的哨音
我寻找你
高高的森林挡住了天空
小线上
一棵迷途的蒲公英
把我引向蓝灰色的湖泊
在微微摇晃的倒影中
我找到了你
那深不可测的眼睛

金钟又从座位上站起来向我发难："老师，你这是《政治经济学》课还是《文学》课？请不要在我们的专业课中讲一些浪漫虚幻的东西！"

这真是一只臭虫！我气得嘴唇都紫乌了。高丽亚看我气得说不出话来，就高高举起了手："普老师，你就给我们解释一下这首诗吧。整节课地听专业，头脑都要炸了，诗歌却可以调节我们紧张的神经并滋润心中荒芜的感情。"

我用眼睛望了下全班同学，好几位女生还有男生都朝我点头。英子现在听我的课却总在低头，真不知她心里到底在想什么？

我没有解释诗歌，只是说："这是一首朦胧诗。写心情？写爱情？写对理想与真理的追求？任你怎么理解。这首诗只有真正的知音才能懂。"

马金娥站起来说："普老师，它也代表您的心情么？"我没有回答就下课了。

# 1983年10月17日

　　　心呵，这般沉重

爸爸，妈妈
当我预感到我可能不得不放弃
理想爱人的追寻
而要被逼走上现实道路
我的心呵
是多么地沉重

人来到世上
正是由于追求美好的理想
看到了一线光明
他才焕发那么大的勇气，克服那么多的困难
而勇往直前
经历了情感坎坷生活的人啊
由于不愿放弃理想，经受了多少时间考验
当痛苦度过漫漫长夜
忽然发现理想的光芒来到了身旁
心儿呵，要知道有多么激动
有多少狂喜，有多少迷恋般的追想

然而，当理想的精灵

似乎不愿接受我的倾心时

破碎的心儿呵，有多么沉重，多么伤悲

现实，尊重现实——这句话对我

是多么可怕，又多么惶恐


生活，你要我在理想面前投降

安静地躺在现实的大地上

于是，我的心儿，顿时没有了一点热量

它好像背上了一个沉重的十字架

艰辛而无奈地只得朝向荒野的墓地涉去

直到路上的石子将我绊倒

然后昏昏沉沉地睡去……

## 1983年10月21日

还是，还是，课堂带给了我快乐。要是没有课堂，我早就倒下了。

今天课后，卓亭亭与饶琳向我反映，她们对政治经济学理论都感到枯燥乏味，对于老师讲授过程中点缀的文学及西欧经济学家名言引用很喜欢，尤其喜欢诗歌、古诗的插入。"老师讲课时感情激昂，我们也跟着老师你一起激昂！如：沿着鸽子的哨音……。又如：南湖在夕阳的映照下显出你的柔波……"

饶琳还认为我戴着眼镜上课颇有学者风范，显得更知识，更有魅力。这句话要是从可爱的英子嘴里说出来该是多么好啊！

今天我在课堂里还特意说了这样的话："有事业心、钻研学问的人，不会去迷恋省城、大城市，而会愿意在风景不逊于西湖、日内瓦湖的南湖边呆上一辈子……"我这是在暗示英子，可她听了我的话又低下了头。

## 1983年10月22日

看到这个"精灵"的倩影，我的心又不由自主地激动起来。英子今天穿一件绿色的衣裙。十月下旬了，太阳还是这么地热辣。她在食堂排队买饭。我面对她，现在居然却不敢喊她了。她怯怯的眼神望了我一眼，竟带着她那"绿的春色"躲闪而去。我的内心有一种失落的惆怅。她的美确实是具有非凡的摄人心魂力量。之所以如此，不仅仅是由于她脸蛋外形的和谐、清爽、明净、阳光，还由于她的精神、性格具有聪慧、持重、礼貌、好学等内在美的特质，才使她具有如此的吸引力和打动我的力量。

我还能感受这种美，也觉得是一种欢慰。虽然这其中隐藏着我深深的苦涩与痛感。

我现在越来越觉得自己是多么地柔弱了。我的痴情渐渐变得一钱不值！一个老师——尽管是年轻老师——在学生的眼中，简直就成了一个"爱情乞丐"！这未免太不自尊和没有尊严了吧。我就这么愿意在英子面前做一个爱情的"可怜虫"么？！

# 1983年10月27日

卓亭亭终于给我传话来了。她把我约到后湖，我俩在有些干涸的小湖泊旁边走边聊。"老师，英子要我传话给你，她不想留校。她怕留校后要天天面对师专的老师。学生与老师恋爱，她总觉得压力重重。如果回德山去，会好些。"

我总算知道了英子的顾虑。"看来她不反对我跟她去德山？"我心中似乎仍有希望。"她说她毕业想回德山去教书。""我可以跟着去她毕业所分配的学校教书啊！""那天，李主任说学校不会放你去德山的。""我和英子确立了恋爱关系，总有一天我可以去的！""英子也知道李主任不会放你去德山，""这个该死的禹达夫！他有什么权利阻挠我的爱情？到时，我辞职也要去德山！""老师，你爱英子怎么会到这种疯狂的程度啊？疯狂啊！我们同学都很不理解啊。班上比潘英子优秀的女同学多着啦，比如高丽亚、黄赟、钟莉、綦丽华。我卓亭亭也还过得去吧。你怎么对其他女生就视而不见呢？你为了英子到了可以辞职的地步，你这是典型的爱情至上主义啊！是西方资产阶级自由化趋向啊！我也非常非常不理解你。英子也承受不了这爱情之重啊。"

我只好对卓亭亭说了我过去的两段感情，尤其提到了小眉。卓亭亭一下子显得十分惊讶，"普老师，你对英子是第三段感情了啊？！你这么多恋爱经历？可英子还是第一次呢。""小眉是我下乡农场的女知青……我和她走不到一起，不可能了……田华，是我的同学。我与她有过美好的一周纯情……然后，就是思想认识的误区终至无果。经过这两次感情，我发现英子是最美、最纯粹、最符合我理想的女孩。所以，我才一往深情无怨无悔地爱着她。我觉得这一次爱是我最真纯、最无私、并可牺牲一切的爱。这也将是我最后的一次爱。"

"喔。老师，你成恋爱专家了呢。我谢谢你对我的信任，但你这些恋爱往事最好不要让英子都知道。我们这些18岁的女生，在爱情上还是一张白纸。英子之所以不敢太主动靠近你和答应你，也是她爸她哥她弟提醒她的那句话：你们省城人不可靠。是真爱情，你就到德山去！我觉得他们的话有道理。"

看来卓亭亭也对我的"爱情"不信任。糟了，我怎么就对她和盘托出了我所有的爱情故事呢？英子要是知道了，还敢爱我么？说不定，她更要逃避我远远的，甚至要大骂我或给我一记耳光呢！我今天仿佛才知道自己有太多不光彩的爱情"绯闻"了。难怪英子不敢最终走近我，也许她是凭她女孩子直觉，作出了最后判断：我这个人是一个没有"爱情信任度"的狂人吧。

她的心之所以最终燃烧不起来，原来我是一个爱情上"不干净"的人啊！我可耻！

## <u>1983年10月28日</u>

看来我是爱不成英子了。我的心掉在寒冷里。我忽然有种很想回家的感觉。我还是回家吧。我还是回家吧。我还是回家吧。

今天，我在路政辉的鼓动下，不假思索地其实也是毫无思想准备地去市教育局报考了明年的硕士研究生考试。我本能地报考了我的母校母系。有两个方向：哲学、政治经济学。

我的强项在哲学，可我不喜欢那个导师。政治经济学是我的弱项，也不是很喜欢，可导师"郑和平"还是让我产生了好感。我知道郑和平没有多高学术水平，但我在读书时他对我还是很热情的，尤其对我的毕业分配表示了难过与同情。他曾写信对我说："你要用你的努力，来回答系领导在毕业分配上的不正之风。"就冲他这句话，我就报了他的研究生。

我也不知道我想考回去究竟是为了谁。是为了我自己？还是为了未来的某人或与我没有了任何关系的那个小眉？

反正，我已经不想那个潘英子了。我想放下英子。我决心放下英子。我要告别这个美丽的精灵！这也是我的坚强的决心！

# 1983年10月29日

梦，多么的轻柔，多么的甜美，多么的幸福啊！在一个我所熟悉的处所，我看到了亲爱的英子。我因怕路政辉知道我的内心，就回避她走进了路边一间小茅舍。这时，英子竟跟进来了。她轻轻地进来了。她对我做了一个不要声张的手势。她圆圆的眼睛睁得大大的，是那么欢悦地看着我。我一言不发，她将头凑近了我，说："昨晚，我没见到你，四处找你。""啊，你也在找我？我也在找你啊。我多么想见到你。"她笑了，欢悦地笑了。我却情不自禁地握住了她的双手放到了我的胸前。

梦在继续。我再次把她带回省城南门外至善巷，走进18号我的家。英子和我全家人见面并共进中餐。我爸妈看着她，她看着我爸妈。她是那样的可爱。她大胆又亲切地坐在餐桌旁。她将头倾近我妈的耳边。我听到一声轻轻的喊声："伯妈……"接着，她又说："你看少翱……"她的手指向我，望着我，绽放一个微笑。妈妈跟着就笑了。后来，英子上楼，跟着我进了后房。

那是我在家中的住房。暑假里，我给德山的她写信，就是在这房间北窗桌子上写的。国庆节，她与饶琳忽然来我家，就坐在这个房间我的小床上。

梦还在延伸。房门外有"噔噔噔"上楼的声音。是妈妈的脚步声。妈妈走进了前房。我独自来到前房。我对妈妈耳语："她就是上次来家的那个德山女生。她这次是认真了……您觉得怎么样……""嗯，可以。"妈妈脸上的表情是满意的。"今后，我就去德山了……我可以去德山师专……"妈说："还是不要去德山……"

妈妈的态度又变了？为什么又变了呢？！

续梦。我带英子在小巷里走来走去……见了我好几个童年的伴友……梦，你是梦啊！？啊，黑夜，这是师专的黑夜！这才是凌晨4点的黑夜。窗外水塘远处的白屋商店也笼罩在黑夜里。英子，我的小妹妹，你会紧随着我么？一场虚幻的梦，让我的心是多么惆怅……无言以述……

## <u>1983年11月1日</u>

英子，我只要一想到你，就淡忘了所有的女性，这真是没有办法啊！可我怎么让你明白我的心并向你表白我的心呢？你答应我吧。我恳求你。情感的煎熬。你能理解我这颗心吗？我考上了研究生，也是可以带你去省城的，或毕业后再去你的德山。

一封真实的、奇怪的信来到了我的手中。信封上的邮戳是从奇家岭寄出的，可收信的地址也是奇家岭：岳陵师专政史科，普少翱老师收。

打开信封，才知道是英子的来信。信封上的字正是她的笔迹！


尊敬的普老师：

这是我给你的最长的一封信，也可能是最后的一封信。我希望你不要怪我，更不要恨我。其实啊，我的内心有多难，多矛盾，多心潮起伏，你是很难想象的。

我永远也不会忘记你对我的一往深情！我们在省城湘江大桥上的偶遇，那第一次的相识、说话并同行，让我至今都很感慨也很温暖。我们在通往学校食堂小路上的无数次相逢甚至相视无语，都读懂了对方的心意。但是，左思右想之后，我觉得我还是不能与你相好。首先是我的年龄太小，我才18岁，算19吧，而您已25进26了吧。我们之间有年龄上的大差距。也就是说，我两年后毕业才20岁。我总要再等几年才能谈婚论嫁吧。而您不可能等我这么些年啊。我怕耽误您！第二，我不愿意留在岳陵，尤其听不懂岳陵人的口音。岳陵话比德山话难听。师专的南湖虽然很美，但学校却太没有生机，太死寂了。我想听从我爸的话回德山，宁愿去一所中学哪怕小学教书。有一群活泼的年少学生的身影环绕。师专学生和老师的脸上都没有什么灿烂的笑容，包括您的脸上！

　　从外观看，你是一个不爱搭理人，喜欢低头沉思的人。你走路都好像在思考，似乎有永远解不开解不完的疑惑。您是哲学家么？我不喜欢哲学家。我也不知你的过往到底有多少内心的情感波澜或疑惑。当然，你一旦走向讲台，却又成了另外一个人——一个活泼的人。您又成了一位诗人！诗人，我还是喜欢的。你的知识与思想的泉水不断流出，我感觉到了，你是一个有丰富、单纯、明净思想、情感细腻、精神世界极其丰富的人。正因为这点，您吸引了我，也吸引了班上无数的女生以及男生。你应当为此感到骄傲。

　　你也许不会忘记我也在情感上对你的倾心和在知识上对你的崇仰。我愿意永远把您当做我的老师。我永远做您的学生！而我不愿意与你结成师生恋情。我害怕同学们的议论。我也害怕金钟哪天对你做出极端的行为。我也不知金钟哪会那么在乎我，而我和他只不过都是德山人而已。

　　普老师：我也知道，我拒绝您，说不定哪天或以后我会后悔的。我没有谈过恋爱。我从来没接受过哪位男子像您那样的目光与深情。其实，我好想你，好想你。我好想叫你一声："大哥，我的普大哥！我的少翱兄长！"我何尝不想与你大胆携手在这师专的南湖边，正像那次我们在傍晚历险穿越后湖与无数小湖。我也多想再有与你坐在学校操场边一同倾听南湖水的呻吟。但从同学们传入我耳中的话太多了，也太难听了。说我在追求老师，高攀老师。我宁愿去死，也不敢追求高攀老师您呀！

　　让我做你的小妹吧。生活中还有谁像你那样深情而挚诚地凝望过我？我不能忘记你的感情。所以，尽管我拒绝了你，但我心中仍不会消失你的形象。啊！普大哥，原谅我这样地称呼你。你会永在我的心中。我也只有在心中需要你，渴望你……

　　听说你省城确有一个旧情人，你还是回省城去吧！德山也会像岳陵一样不适合你的。你总有一天要回省城去的。那样，你也可以孝顺你的父母。对你和你的旧恋人不是更好吗？

　　就到此。

　　祝亲爱的老师，我最敬爱的你——

　　找到幸福！

# <u>1983年11月8日</u>

读了英子的信，我大哭了。我的眼睛潮湿了整整一个星期。就因为，你太年轻、年龄小，我是大龄青年，又是你的老师，我们之间就有了永远跨越不过去的鸿沟？！为什么？为什么？！为什么？！！

我给英子写回信，写了又改，改了又撕，撕了又重写。一个星期，我写好了回信。我把信从岳陵市区的东茅岭邮局寄到师专：

潘英子同学：

这封信你也许能够收到，也许你永远也没能够收到——邮局丢失信件的事并不少见。因为我不期望你再回信，所以这封信你是否收到，我并不视为重要了。

请你不必讶异。现在，我是作为一位老师而无有任何私念给你回这封信的。我只是由于自己的情感经历坎坷，内心痛楚较多，而在我接识的人中（包括学生）发现你最有可能懂得我的心，我才想向你倾吐我的一些内心。

现在我想声明：它或许决不是什么爱情！它只是我对生活的感叹与思索。如能引起你的共鸣，我将会是千百倍的欢乐。我希求的只是你的同感无有其他。我想，如果你也有与我同样的对生活的思索，我作为你的老师能给你一点什么启发，让你在未来的人生路上走得顺利些，我也会感到快乐的。

我之所以不对你写我的爱——我宁可它埋在我的内心，是想到过我们之间的年龄差距。至于世俗的议论，我倒是从来没有真正地畏惧过。爱情是两颗心之间的感受，其实与他人那怕是自己的亲人都没有关系。至于地域，有爱哪里便是天堂。但我知道你的顾虑不完全来自你自己，还有你的家庭等。我也明白，我与你之间也许是不现实的，主要是我没有你那么单纯、纯洁和干净。我的感情也不是一张白纸，而你却白璧无瑕。然而我想，难道没有与你的结合——婚姻，我就不能再凝视你了么？我作为你的老师就不能再给你关心么？只要你是确切需要，我是随时可尽师者之责的吧。

生活对于你是美的、幸福的，我是这样真诚地祝福你。精神的爱恋有时胜于一切，它不一定要有肉体的占有。我所希望的仅是在心灵孤寂时，能通过无私给予而获得哪怕一丁点儿的纯真的慰藉，以便看到一颗美丽的心灵之花能开放得更加的灿烂多姿……

祝你学习进步，

人生美丽！

普少翔

11月7日于岳陵师专

## 1983年11月11日

今天，我给小眉去信，以回复国庆她来我家时给我的那封短信。信中我并没有说爱她，也没有说我愿意"情归于好"。我是说，我已渐渐爱上了岳陵。我还把学校毗邻的南湖风光浓墨重彩地描绘了一番。我想看看她有什么反应。不过，我也在信中写了这么一句话："心只是在追悔时才会彻夜难眠……"

## 1983年11月14日

我在现实的重压下不得不向它屈服。理想与现实就是如此地在我的内心里冲突着。没有办法啊！我不得不放弃那美好的感情，那美好的"精灵"！我被动地踏上这实实在在的生活之路。让美好的感情永远埋藏在心底，化着永恒的回忆吧。

让我们在未来相会，当然，不必在天国相会！

## 1983年11月16日

路政辉对我说："宽容是一种美德。爱情是原谅、包容。有缺点的女人才可爱。她等了你这么久，心中始终是有你的，否则也早投怀其他男子了吧。她渴望你留省城回省城是可以理解的啊。你俩相识相知至今7年了，她也太苦了。"

李溢对我说："没有谅解，就没有友谊。"我问："谁说的？"他说："恩格斯说的。"我说："喔。"

乔羽平对我说："普老师，你是省城的，还是找个省城女朋友为好。还是调回去好。省城总比岳陵市好。"

他们知道了小眉与我的旧情。当然是我主动说出来的。来自朋友的话，我要认认真真地考虑，认认真真地思索，以便有一个最终的爱的结论。

# 1983年11月19日

英子对我"视而不见"！她一定收到了我最后的信吧。她若没有收到，也不至于要对我"视而不见"啊。她的脸上没有往昔的笑容、激动与兴奋。她的脸上也没有了相遇于我的那种美丽羞涩了。她的脸上挂着的是忧愁、苦恼和疼痛啊。

你为何不再有幸福的笑脸？

你为何不让欢悦代替愁苦？

欢悦总比愁苦好。你无法向我靠近。我也无法向你靠近。我们之间已经无法再相互靠近了。这是谁的错？这是谁之过？它怎么就没有一个确切的答案？！

# 1983年11月21日

世界是宁静的，最终是宁静的。在这宁静中，生活将把我带向何方……何方……？

# 1983年11月26日

让我再回到那静静的世界里

小眉——
让我再回到那静静的世界里
让我再躺在你的胸怀里。

那昔日农场的乡土曾蕴育了我的心
让我在那片沃土中吸吮着心泉的甘露
它把我那愁戚的心轻轻托起与抚慰
把我那一缕归乡思绪抹平。

在那静静的，淡淡的世界里
它唤起我对生的渴求，对一线微光的追寻

在你那真挚的情意中
我的心得到了安宁
在你那轻柔的话语里
我感到了欢欣
在你那娟秀的脸庞上
我感受到了春天的气息

你的情意曾滋润过我的心田
它走开过，回来过
犹豫过，迟疑过，痛悔过
这一切，我都未曾淡忘……

## 1983年11月28日

悠——

初冬的天宇里
吐出一片缓缓的阳光

照在身上
照在宁静的小路上。

路旁的小吃店里
我的心得到了小憩
眺望窗外
车辆驶过，农人走过。

闲散的心仿佛置身田园
着意风光，耸耸肩膀
回头应笑，低头往返
心悠好凉爽！

# 1983年11月30日

面对刀下的肥鱼，我呵道："Fish！'把汝裁为三截'？"面对我的室友路政辉，我言道："一截遗汝，一截留我，一截还省城。'太平世界，环球同此凉热'！"路政辉骤然捧腹大笑。我也抑制不住畅笑了。

"好humor 啊，你，普少翱兄！"

"果然么？"

"Yes—Ye！"笑的欢悦充溢了我们的心胸，欢声回荡在我们的小房间……又飘飞到户外的天宇里。

# 1983年12月4日

小眉的来信静静地躺在政史科办公室的桌上。她的笔迹是熟悉的、娟秀的、柔弱的。

"少翱：收到了你的诗作《让我再回到那静静的世界里》，你的回忆也把我带到了我俩共同生活与战斗的农场里。在农村，我们同命相怜与相依。我们都挣扎着渴望离开农场回到家乡省城。你先我考上大学回到了省城。我以为你从此会一帆风顺，最终能分配在省城。但你的命运又起波折，你又分配到了岳陵……我心痛过，犹豫过，彷徨过。我在你上学之后招工回到省城，心里想的就是从此不再与你分离，也不再离开省城。我害怕异乡，尤其是小地方。你也害怕异乡，一定是非常不甘心地又去了岳陵。你的毕业分配对你是不公平的，这谁都能作出判断。可你的系领导居然就那么狠心硬要把我俩分开，似乎就是要拆散我们的爱情。我也恨那个玉珍！她的思想左得同'四人帮'一样。她太没有共产党员的良知和党的书记的同情心、慈悲心。我爱你，却不愿与你再去岳陵吃苦。我爱你却不愿再离开心爱的省城。因为我的爸妈都年老了。因此，我希望你还是争取回省城。至于你是选择调回省城还是考研究生回省城，都由你决定。但我总觉得你还是考回来为好，因为这样我们就能尽快一点团聚。若是调回来，要等到何年何月啊。也许要结婚之后，若干年之后。那时，师专是否真会放你走呢？我总是忧心忡忡啊。小眉。"

# 1983年12月14日

我只好回信向小眉坦白："我已报考了母校母系的研究生，考试时间在新年元旦后的一月中旬。但我不知道我能否考得上，因为我是匆忙报名的，没有作好太多的心理准备。复习时间又这么短。在这尚有一个多月的时间里，我会尽力的吧……"

小眉回信："我知道你心里有我。你尽管是随便报的名，一定是因为想到了我。至少，你也是想最终回到省城的吧。我等待着你的好消息！"

# 1983年12月16日

下午，我坐火车回了省城一趟，见了小眉一面，我对她说："这次考研，你不要对我抱太大的希望。因为复习准备时间实在太短，确实是太仓促了。"小眉说："你爱我，就会以最大力气去考研。只要你去认真考了，我也就满足了。真的希望你立志、争气。争取早日考回来，也让原来的系领导不能小看你！"

小眉的话和她的急迫心情，让我只觉得内心一阵阵巨大的压力。这压力让我感到无法承受之重，也让我感到晕旋。好在小眉拿出了她最漂亮的丽照送给我。"你把我的照片放到你寝室复习功课的桌子上。我的眼睛时刻在望着你，给你鼓励和力量，好吗？爱情不是能给人以力量么？你爱我，就会有力量，对吧？"我喜欢她的"丽照"。她是那种娟秀的美。我只好说："是的。我会尽力。"

我在潘英子的面前，是个大哥哥；我在小眉的面前呢，则成了小弟弟。小眉就是要我顺着她，听从她。我不是不了解她。现在，我没有别的爱的出路。我只得顺着她。她是我的小姐姐！

# 1983年12月18日

我回到师专，就把小眉的丽照放到我的书桌上。这就等于在路政辉面前正式公开了我的女朋友，也向师专所有的人，公开了我的女朋友。是小眉赶走了英子。或者说，是我舍弃了潘英子，而投降了小眉。

# 1983年12月20日

做了一个特别奇怪的梦，也是符合现实的梦吧。我把它记下来，作为对英子——我的学生，最后的告别。

在宁静的南湖边，英子微笑着向我走来。她来了。她又走向了我。她没有了顾忌。她打消了疑虑。她无拘无束地坐在了我的身边。我俩又一起看南湖的水。我俩尽情地交谈。旁边有学生走过来走过去，她不管，我也不管。英子还说要为我洗衣服！我对她的友情感到愉快。我很乐意接受她的这种友情。她给我带来了这个世界上最美好的心灵感受。当她对我说："普老师，我爸不反对我留校留岳陵了……"此时，我脑海中忽然跳出了无数个"小眉"。

小眉小眉小眉小眉小眉小眉小眉小眉小眉……

呀！英子，可爱的英子，我的小妹妹，我的美丽潘英子！我怎么现在却忽然又已经有了冬小眉了呢……为什么？为什么？为什么？！

英子知道了我的小眉，不听我任何的解释，站起来，一扭头。她就去了……

我在梦中向英子作别。我挥一挥衣袖，带不走南湖一片云彩。

# 1983年12月24日

傍晚，我和路政辉在教学区的操场散步。走了三圈，忽然听到身后的远处传来一阵轻盈的歌声。我掉头一望，是高丽亚与卓亭亭。她们正沿着操场的跑道走来，一边轻快地哼着歌儿。也许是风的吹拂吧，风把她们的歌声送入了我们的耳中。歌声在微风的吹拂下又传播到远空中。她们那青春的身影，轻快的脚步，动人的歌儿点缀在南湖旁的空旷操场上，所以，这个景象使我大为感动。

路政辉也情不自禁地唱起了歌，还大声地嚷："高丽亚，你有男朋友了吗？！卓亭亭，你有男朋友了吗？！"

我就笑了。我笑自己也笑他人：你们原来和我一样，都在不知不觉中喜欢上了自己的女学生……

她们俩冲着路政辉尖声回嚷："路老师，你有病！路老师，你病得不轻！！"

师生不能恋爱，师生不能恋爱！但师生总可以做朋友吧。我和路政辉也在探讨着这个青春的敏感话题。最后，我们都得到一个无可奈何的结论：我与路政辉是无论如何也得不到一个美丽的女学生的勇敢倾情的。但我俩都认为：年轻男老师能置身于一群美丽的女学生的花园之中，今生也是有福的。

我享受着这美丽动人的风景，闻着她们花儿般的芳香，不也是人生的最大幸福么？

# 1983年12月25日

小眉又来信说："你考回来吧！今年不行，明年！明年不行，后年……"我感到一种无形的压力。压力，压力，压力！谁能缓解我的压力？谁能驱走我的压力？

小眉，你不来岳陵给我鼓劲。你则在省城家乡不断给我施加压力，你不懂我，不懂我，不懂我……

# 1984年1月4日

我把我的《政治经济学》课在新年到来之前提前结束了。元旦，我又回了一次家。不是为了见小眉，而是去了一趟师院政教系。

我要见见我未来的导师郑和平！我带着礼品一迈进他的家门，他的脸色就阴郁了下来："普少翱啊，我就猜着你会上我家来的。你果然还是来了。但是，糟了，熊大虎报考了。我只招一个研究生，可你们两人都报了。你俩都是我的学生，熊大虎比你早到我家。他不但到了我家，玉珍也找我谈了话。钱书记向我打招呼并暗示：招熊大虎。"

"为什么？"我问。

"你知道，熊大虎的女朋友江荫毕业留在了系里。作为领导的钱书记要照顾江荫，所以她早就要熊大虎准备报考系里研究生，以便让他与江荫团聚。"

我情绪一下就很激动，便嚷了起来："我的女朋友小眉也在省城呢，我也需要照顾！"

郑和平紧张起来，声音压得很低："我给钱书记说了你也报了，可她似乎对你还是有看法……"

"我若成绩比熊大虎好，他比我差，会录取谁？您直说吧！"我表情铁青。

"你俩若都上了线，就无所谓谁成绩好谁成绩不好。除非是他没有上线你上了线，我肯定录你。"郑和平说了真话，但他的表情很木呐很无奈。

"这不是明显又在搞不正之风么？还没考，就内定了！"我的吼声更大了。

"普少翱啊，是不正之风啊。可我不是领导，玉珍是领导。我要不听她的，她是随时可以给我穿小鞋的。再则，江荫是系里的老师，招熊大虎也是照顾本系教职工啊，也合符情理……"

我啊呀一声！看来我又遇到了比大学毕业分配时更严酷的一个厄运。我就是想告状也是投诉无门的。我怎么偏又在此时遇上一只老虎，而且是一只大虎啊！我连基本礼节也忘了——没向郑老师说再见，就夺门走了。

看来我与母系有宿仇宿怨啊。我只能寄希望于熊大虎考试不上线，而我则一定要上线！这个噩梦般的消息，我没敢告诉小眉。

我直接回了岳陵师专。

# 1984年1月16日

后天，1月18日就是考试了，连考三天。地点在岳陵师范学校。现在。我写下我考前的心情：

自元旦从省城回来，我的心情就时起时伏。郑和平的话总在我耳边回响。我一忽儿给自己鼓劲，无论如何要考试上线！我只要上了线，就有理由与熊大虎一争，与玉珍一斗。我要争取考回省城，让小眉满意。我要与玉珍一斗，挫败其不正之风！我夜以继日地看书，尤其是看英语书。可是，我看书看着看着就没有了心情和心力。我一忽儿高亢，一忽儿绝望。我总在怀疑自己能否胜过熊大虎。熊大虎在学校时是班上学习成绩都较领先的。比我强。加上他又比我刻苦。我不是不刻苦，而是去读那些大量的诗歌和小说作品，没把精力全用在专业上。我一进政教系就后悔了。我报考的是中文系，却被政教系录取。我不喜欢我的专业，但我又没法转系。我是硬着头皮学习政教专业的。当然，幸好我喜欢哲学，尤其是哲学中的美学。但我确实一点也不喜欢政治经济学。这次报考，我就是功利主义，也是冲着郑和平去的。我知道我的功利主义明显，没想到却遇上了挡路的大虎。我在与一只大虎竞争，不免有了隐隐的胆怯。我想，自己即便上线，玉珍又会录取我么？总之，我在胡思乱想。

小眉一天一封信地飞过来，可她人又不到岳陵来。她为什么不来陪陪我？我现在的心理极为脆弱。可她只是在信中反复说："你要争气！为你自己，也为我！！"

小眉的这些话说一、二遍我能接受，甚至会把它当作爱情的动力。可她说的次数实在太多了，这就引起了我心理的逆反：你为何要逼我考上研究生？！凭什么只能让我考回省城？你却不能作出牺牲？为什么总让我顺着你？你的爱情又高尚在哪里？你让我感动的地方在哪里？

在哪里？在哪里？在哪里？！

我怎么就有一种被爱情绑架着考研的感觉。我被小眉绑架了！我的心寒冷，却无人知道。我的周遭都是冰凉一片。我的四周没有温暖。房间也

是冷嗖嗖的。我不知道我考研是为了谁，为了谁而回省城，为了谁而有这
年轻的生命。

　　我不知道我能否经受这次考验并顺利跨过这场硕士研究生的考试……

# <u>1984年1月20日</u>

　　三天的考试过去了，可我只参加了第一天的考试。而第一天考试也只
考完了上午第一场，下午的一场执笔了半小时，我就无奈地退场了。

　　我放弃了这场考试，也可以说，我做了考场上的"逃兵"。

　　上午考《英语》，难度不小，但我总算尽力做完了所有的题。出考
场，考生都大呼："今年怎么出这么难的试卷！"我估计我顶多能过线，
或中偏上一点点。考场内外的气氛非常压抑，大家脸上的表情也非常庄
重。真有点像上战场一样。

　　下午考《政治理论》，按道理这并不算太难，因为我学的就是这个。
它怎么难也不会难过英语吧。可当我打开试卷时，那些题目就像一个个陌
生的怪物朝我挤眉弄眼。一时横眉竖眼，一时冷若冰霜。它们仿佛极不情
愿地与我交手，但又一个个在我面前搔首弄姿。我想一个个捉住它们，可
它们就是不听使唤，在我笔尖下左右晃动或前后滑走。我越想一个个捉住
它们，它们越是不配合我。时间一秒一分十分钟地过去，二十分三十分五
十分钟地过去，可我还只做了几个类似名词解释一样的小题与简单题。我
忽然感觉到：糟了，我的灵感、记忆及思想忽然不知被谁偷走了似的！我
脑子一片空白，同时感到浑身乏力和疲惫。我手上的笔举不起来。笔不服
从我的大脑。我甚至都有昏昏欲睡的感觉。在经历过从小学到大学的无数
次考试中，我还从来没有像这场考试这样疲惫无力过。我真的忽然觉得我
手中的笔很重很重，怎么都举它不起来了。我是不是昨晚没休息好，还是
考前没有睡足过？今天中午也没地方休息。总之，我在下午的考场里真的
一点力气都没有了。我知道我糟了。我会败在考场上。与其落一个很差的
分数，我不如弃考。这个念头一跳出来，自己也吓了一跳。考分若很低，
会很丢人的。尤其考分到了母校的政教系，我怕她们笑话我。我若弃考就
等于我没有参加考试。没有考，我就没有分数！没有分数，别人就不知
道我究竟是高分还是低分！我没有考，政教系的人就不能嘲笑我分数不

121

高！尤其是那个钱玉珍，就没法轻视我！我没有考，就等于没有与熊大虎过招，也就不存在他赢我输！我的这种思想一占上风，就马上停住了我的笔。

我在卷子的中央大片空白处写下一行字：

阅卷老师：

　　因身体、精神不适，放弃此考试，请不要判分！谢谢，见谅。

考生：普少翱

我走出了考场，2：30 － 5：30的考试，我3：40就出来了。外面极为安静，寒冷的冬天让天空白得有些晃眼。我仿佛如释重负。可当我摇摇晃晃地走回到师专时，我忽然想到了小眉。呀，我怎么没有考完？我退场了！我弃考了！

李溢过来问我："考得怎么样？"

路政辉来问我："考得怎么样？"

乔羽平来问我："考得怎么样？"

我不回答，只是低着头。

我在想：小眉会怪我吗？小眉会怪我吗？小眉会怪我吗？小眉会怪我吗？小眉会怪我吗？

我不能单纯地为了你小眉而考这个研究生啊！我不能死在这考场里，晕倒在考场里。我在为自己辩解。

我以为我的退场会保住我的面子，可是，李溢、路政辉和乔羽平一齐向我开火："你怎么能退场呢？你的女朋友可在省城等着你考回去啊！"李溢的表情尤其愤怒。

"你为什么要放弃呢，再难也要做完呀！你的冬小眉，会骂你的！"路政辉表情极为失望。

"普少翱，你这是考场上的逃兵啊！师专的老师和学生会怎么看你呀？！"乔羽平的话。

我万万没有想到，我的一次考研退场居然会引来朋友们的一片责难。我以为我保住了面子，可我在朋友们的面前，面子全被他们踩在了脚下。

"那我明天、后天再继续去考？还有两门专业课，一门《综合考试》。"我没了主意，问李溢。他大声嚷道："你退都退了，还怎么去考？！《政治理论》没分了，整个考试就败了！两门公共课是要过平均分的！""普少翱，你不考试，你怎么回省城去啊！你太不应该放弃了！"路政辉还在生我的气。"少翱兄，你基础好，你怎么就不相信自己能考上呢？难，大家都难嘛！"乔羽平还在叹息着。

"好了，好了。兄弟们，我明年再考，我明年再考，好吧？！"我也很生气。我生我自己的气。我恨不得抽自己的嘴巴！

接下来的两天，我沉沉地在床上睡着，睡了两天整。我现在都不知道怎么给小眉写回信。我又想写又怕写。我还是再过几天给小眉写信吧。

# <u>1984年1月27日</u>

少翱：

　　焦急地等待你考试后的来信，等啊等，等来的却是你这样一封信。你居然退场了！我简直不敢相信这是真的，这竟然是你！你简直就是在自欺欺人啊！

　　你这是有志向的人吗？你的胆量都跑到哪里去了？你居然可以不考试完，退场，当了一个考场上的逃兵！我面前的这个人，是我的男朋友吗？我是你所爱的人吗？

　　我盼啊盼。盼，盼，盼。盼来的是你的弃考，这真是让人不可思议！太不可思议了！声誉、退却、空想、谎言，你堂堂的大学教师，居然是这样面对一场考试。这是一场人生的搏斗，人生的较量，人生的大考啊，你怎么能轻易放弃它呢？我真不明白，真不明白……

　　你不该将这一切告诉我。真的，我也不想知道这一切。

　　……现实的逃兵啊……

　　我根本就没在你的心中。你不需要我。你的心中根本没有我……要不然，你怎么会把准备好了的考试给放弃了呢？……

小眉

1月24日晚

小眉：

　　是我不好，是我懦弱，是我糊涂，是我愚蠢！我明年再考。我明

年再考回来。明年不行，后年。总之，我争取考回来，否则，我不能
见你。

少翔　愧上

1月27日子夜、28日1时

## 1984年1月28日

少翔吾儿：

　　这次考试失利，原因一定很多。男子不因一时成败论英雄。希望
你放下包袱，轻装上阵。还是以搞好本职工作为要。把课上好为第一
要务。考不考研并不是最重要的。小眉可能不适合你。她已让你不安
心工作。考研造成了你巨大心理压力。若工作也搞不好，那就将全功
尽毁，前途尽弃！她考虑的是她自己，又不愿作出牺牲到岳陵安家。
你应该立即放下与小眉的这段不切实际的爱情。那位德山的女孩子可
以嘛。你可以向科主任提出要求，照顾你的个人问题，以便长期在岳
陵工作。

　　事业第一，爱情第二。爱情总是要服从事业的嘛！

父母嘱

1月24日

少翔弟：

　　这次考试不佳，也无关紧要。你不要有思想包袱。你还年轻、今
后机会很多。你是有资本的。我同意爸妈在你个人问题上的意见。真
正的爱情是要能作出牺牲的。是让你牺牲师专的事业屈从于小眉调回
省城呢，还是她作出一点牺牲调去岳陵支持你的事业？这其实是真假
爱情的试金石。

　　二哥

1月25日晨

## 1984年2月12日

我想放弃我的爱情。我想放弃我对小眉的爱。我觉得我恐怕达不到她

的要求。我不知道我究竟能否回到省城。我的分析如下：

我再一次让玉珍见笑了。我已与师院政教系结下了宿怨。我也不想，不敢，再报考母系了。我若报考外省院校研究生，其实又是与家乡省城的分离，毕业又不知会分配去哪里。这与小眉希望我回省城团聚的想法相背离。我换个专业报考是可以回避母系的，比如中文系，但我毕竟缺乏系统中文专业的学习，心中没有太大的底气。

看来研究生的路走不通。我只有调动工作回省城。可小眉说："你调回来，学校肯定比不上师专，只能是中学，要么小学。没有好单位你不如不回来。而考研回来是你最好的选择！"

我和小眉讲不清为何考研走不通。"就算你不想考研了，目前省城的政策是：只有结婚的夫妻才能考虑分居两地的一方调回省城。而且，原则上是婚后五年方能调动！"小眉的话等于把我调动回家的路也给堵了。我没调回省城，没有考研回省城，她会和我结婚么？我的心中是个大大的疑问号。

为了她的幸福，也为了我自己能安心岳陵，我想还是放弃小眉吧。我不要爱情了。所有人的爱情都不要。我就孤单一个人吧。

因此，我决定不再给她写信。我又要在"情场"上后退了。我打算又来一次"退场"，退出爱情！当一个"爱情的逃兵"！

# 1984年2月22日

我的心中有无限的起伏。尽管这个学期安排我的课不多。我没有被安排续教潘英子班的《政治经济学》，换了另一老师续教。我被安排教公共课《政治经济学》，是体育科新生一年二期的课。我已经失去了教学的热情，尤其失去了课堂的新鲜感。我不能教潘英子班了，而是去教体育科！

我对我的专业极为失望。我对继续教《政治经济学》极为厌恶！我甚至想到在晚上无偿给全校学生开《美学》、《美术》系列讲座。我活泼的心、波澜的情感只有在我喜欢的学科讲授中才能得到欢快和安慰。可科主任说："你不是学中文的，不是学艺术的，你搞什么《美学》、《美术》讲座啊？！你想出风头啊？你还是老老实实地教你的《政治经济学》吧！"我不敢反目禹达夫，他毕竟也关心过我的个人问题。

我现在不仅遇上爱情的矛盾，也遇上了专业的矛盾。我左右不是人。我左右不能伸展。我左右得不到开心与快乐。

我该怎么办啊？我该怎么办啊？谁能帮帮我？！谁能帮帮我？！！

# 1984年3月9日

小眉连来了三封信。第一封说我为什么不再给她写信？是想断交么？第二封信说我为何这么残忍，又使她陷入了"痛苦的失恋"中？第三封信说她人都要崩溃了，病得不轻，让我立即回去看她！

我只得回去，精神恍惚地走在省城的五一大道上。我不敢回南门外至善巷自己的家中。我也不想去小眉的家中。我回到省城，此时却有一种深重的无家可归的感觉。我在五一大道上来回走、不停地走，却不知要去哪里好。我有一种想哭的感觉。我好想在大马路上放声大哭。可是，我的眼睛里却没有眼泪。

我不知该诅咒谁？是诅咒我的命运么？我18岁高中毕业，在校是优秀共青团员，年年评为"三好学生"。在那个不读书的年代，"读书无用论"、"毕业就是下农村"的年代，我算是好学的人，且有一点美术的专长。可我仍逃脱不了与我大哥一样的命运——上山下乡。大哥下乡五年的磨难，让我对"下乡"产生了一种几乎本能的恐惧。所以，我在下放岳陵滨湖农场后，就只有一个想法：考上大学，回到省城！

我上了大学，四年的艰辛努力苦读苦学，可命运最后又把我抛向了岳陵。我对异乡的恐惧潜藏于我的内心深处。我想回家，回到省城，这是我生命的根，我最基本的生活渴求。可一些人既不理解，还不施仁爱。在回家这一点上，其实小眉与我是一样的。她不想再去异乡，不想去岳陵，也是基于对异地的恐惧吧。我是理解的、同情的。我并没有自私到要她完全为了"我的事业"而屈就来岳陵。我于心何忍？！

可我一时又回不了省城。我甚至有种绝望的心理：怕永远也回不了省城了……

省城就那么好吗？省城就是天堂吗？也不是，它只是生我养我的地方。我只是这口大水塘中诞生并长大的一条鱼！我在这口水塘以外的任何地方活着，哪怕是再大再好的水塘，也觉得水土不服。我不是想去北京，不是想去上海，不是想去香港，不是想去美国。我哪里都不想去，就只想回到省城这熟悉而又亲切的故乡。

我更不是看不起岳陵人或岳陵这个地方。我只是觉得自己不适应在省城以外的任何地方生活。我就是这么一个人。我是一个脆弱的怪人。我不是一个顶天立地的大男人。我在内心里还是一个完全没有长大的孩童。我想回到爸爸妈妈的怀抱里，可今天，我却不敢回家。

我精神恍恍惚惚地走到小眉家。她在我的怀里哭了。我没有在她家吃晚饭，又连夜、深夜、坐火车赶回了岳陵。

## 1984年3月12日

我回到岳陵，小眉的信又飞来了。她在信中记忆起我俩在农场李大妈家中吃"地菜子煮鸡蛋"的事。我都淡忘了，可她还记得。

她说："三月三那天，你在李大妈家中搞复习，同时煮了好几个鸡蛋。你到知青点来喊我，去你那儿吃鸡蛋。你给我吃了两个，自己也吃两个。我俩静静地互望着、吃着，虽然都没有多说话，但心中是暖暖的……"

小眉说她离不开我，希望保持我俩的爱情关系。但她始终没有说放弃省城来岳陵。她若能来岳陵，我的心也许能安定下来。这也不失为一个解决分离的办法吧。

## 1984年3月22日

今天，我从青工楼搬到了山坡上新建的另一幢五层楼高的"新青工楼"内。学校为了吸引更多年轻教师来师专工作，特建了这栋新楼。李溢、路政辉、乔羽平都搬来了。一人一间单房。我们都住在三楼，窗户面北。每人一个独立的空间，约18平方米吧。许多人兴高采列，我觉开心不起来。

我与路政辉分开了，有种孤单感。好不容易有一个陪伴的好朋友，现在又分开到各自的房间。路政辉也有点舍不得的样子。但我们又不是异性之友，终不能久居一个房间吧。

　　住在这个独立的大房间内，理应更开心，更有自由感，可我却感到房间阴森、空洞、寂寥。北窗外面就是后湖。春天的后湖总是霪雨霏霏，杂草蔓生。尤其到傍晚和深夜，它显得异样阴森恐怖，仿佛各种稀奇古怪的声音在后湖的水面上呼啸和蹿动。我原来的住房，窗户面南，那是我家乡的方向，虽也是湖水，但是校内的小湖，远处湖上是"白屋"，总是灯光闪烁，给我一种迷人的美感。现在的后湖景象总让我感到阴郁、不安和恐慌。我也不知这是为什么。总之，我在这个新的房间里反而感到更加不适了。

　　我把书桌、床多次地变换方位，想改变房内结构以求得心安，可就是心不能安定且睡卧不宁，坐立不是。我想，我这是不是心理上出现了毛病？我是不是心儿真的早已不在岳陵了？我会不会是出现什么精神紊乱？

　　我问李溢、路政辉是否也有我同样的新房不适和心理不宁？他们说，新居很好，一人一间大房真好、特好、太好了！女朋友来了，就可以同在一起了。

　　我倒没有想过小眉会来。她即便来了，我也不会轻易与她睡在这个房间里吧。未婚之前，我是不会与她同床同房的。

　　小眉是否真能来到我的这个新房，哪怕是看一眼，我或许也会得到些许安慰。但她没有说要来，我也就不可能要她来。

# 1984年4月2日

　　夜里，我睡在这个阴森的房间内，不是被惊醒，就是做着可怕的恶梦。我梦见小眉来了，可她坐都没坐，掉头就跑了……我梦见潘英子、高丽亚来了，她俩刚坐在我小床上，忽又弹跳起来，说科主任在楼道里喊她们……她们就受惊似地走了……我梦见妈妈来了，只有她陪我睡在了这个小床上。妈妈不怕这个阴郁、空洞、阴森又凄凉的房间。

　　我的心理一定是出问题了。我想要搬离这个房间，再回到原来旧青工楼那间房。那里原本就属于我一个人的房间，书桌面向南窗，面向我的家乡，面向我的小眉。而且，就是在那个"白屋商店"里，我认识了师专的第一个女孩——英子。她虽然已经离开了我的视野，但她还深藏在我的心里。

但我回不到原来的房间，也没有现在南面房间的老师愿意与我调换现在的北面房间。我只得再把书桌、床、椅重新摆布。我把床横在房间的正中间，一分为二成了两个小间。里间北窗右则墙边放书架，东面墙下是书桌，右面是床，左墙——一整面大墙再次贴满我的画作及书法。大白天，我也开着灯。我要在这个小空间内再次欢乐、昂扬起来！我重新振作。我不能颓靡倒下……

这样换了方位后，我的恐惧似乎逃遁了。我的心情与心绪似乎回到了常态。

# 1984年4月12日

但我的心情与心绪仍时有反复。反复。反复。反复。我的心态怎么总在反复不定？我要用我的意志力来控制我的内心与心态！

我在反思我的人生。我心力已竭。我现在有一种巨大的虚空感、绝望感。我不是故作悲伤。我有不易为人理解的深深"痛楚"。

师专真没有生气，虽然它的周围风景美如画；师专没有爱情，虽然漂亮女生很多；师专没有学术，这里只有三个副教授，正教授没有一个人。

这里，虽然我也结交了几个青年教师朋友，但他们并不能十分深入地了解我的内心；这里，虽然有不少学生尤其是女生崇拜或敬重我，但却没有一个大胆主动来爱我；这里，虽然离省城并不算太过遥远，但我每次回家都有一种千里迢迢之感！

我的父母虽然生育了我，但他们并不能替代我的人生，也替代不了我的命运；我的兄弟虽然疼爱我，但他们并不能替代我来岳陵承受这种精神、情感与内心的煎熬。

我的政教系老师，虽然有的同情我毕业分配的不公，但他们并不能改变玉珍的霸道作风。我的高中班主任胡守中老师虽然关心我，但他对我调回省城中学教书也没有完全的把握。我的旧情人有两个，但没有一人真正愿意来到我的身旁。

这就是我绝望的心理原因。我会不会真的走到绝望之境？我不能确切地知道。

# 1984年4月16日

今天，在校园里遇上毛老师，化学科的。他见我总是笑着，主动打招呼。他满头白发，56岁了，是师专已有的三个副教授中的一个。他老远见到我就喊："professor!"我的妈呀，他今天又悄悄对我说："你会是师专未来的professor!!"我能做"教授"？未来我可以做个"教授"？未来我要永远在师专呆下去？我现在可是连助教也没有评啊，而且陷入了失魂落魄的如此境状。毛老师怎么会预见我的未来？还老是叫我"professor!"要是有个地洞，我就早钻下去了。他这种称呼真是让我觉得太奇怪了，太奇怪了。

# 1984年4月22日

现在，我再回忆一下我爱过的或产生过情愫的我的3个情人或恋人。

小眉最早，我俩在农场相识。她的娟秀是她最大的美。她对我的爱就是一个词：犹豫。我对她的爱曾经是一往情深。在农场，我直问过她是否爱我？她不正面回答。我上了大学，她仍在农场，她的爱也没有了自信。我毕业时面临分配，也不敢再爱她。直到现在，我俩的爱情就处在这种断断续续的藕断丝连的尴尬之中。

田华，是我的第二个女友。我们曾海誓山盟，但真正的"相恋"却只有七天，或曰："一周爱情"。性情的不合，终是一场误会。我问心无愧的是：我从没主动提出过分手。若不是她主动撤退，我也许仍属于她。她曾经说过：无论我毕业分到哪里会跟着我，但今天的事实是：她最终也并没有来到我身边——岳陵。

潘英子，是我现在还喜欢着的一个清纯而圣洁的女孩。可这场师生恋终究不很现实，也不被师生认可与祝福，于是，无奈终场了。

我全被她们抛弃了。我不是一个真正的爱情圣手。应该说，我始终是一个爱情的败将！千万不要以为我有多少艳遇与艳福，我有多么浪漫又抒情。我其实不过是一个十足的爱情可怜虫！

我前行的路是迷茫而酸楚。我内心里的矛盾山重水复。我内心的冲突无法解脱。对3个女人的爱，不但没能让我幸福让我获得拯救，我还一次又一次地被放置在了虚空之中。不是吗？

所有的"爱情"都是虚幻的，所有的女人都让我看不清她们真实的面目！

## 1984年4月23日

我又看到了潘英子，今天！下午4点，在后湖。我不知道自己为什么会独自去后湖。我也不知道她为什么会独自去后湖。我看她时的目光已然没有了自信，更没有了往日的神采。因为我是一个考场上的"逃兵"，一个可怜的失败者。我猜想她已经全知道我的一切了吧。

她看我时的目光也没有了以前的欣喜与激动。她的脸上再也不见遇到我时的羞涩与红晕。面对潘英子，我觉得我是卑怯的、羞惭的与猥琐的。我已经支撑不了一个老师的形象与尊严。我在她面前已经不再有"崇高"的优越感。甚至，我还觉得我也背叛了对她的爱情。我是最后的"爱情的叛徒"！我没能经受住"爱她到底"的考验。

我走了爱情的回头路。我向小眉举起了"爱情白旗"。

英子用她眼睛的余光觑了我一眼。我向她微微点了一下头。我在后湖边的这头，走过来，又走过去。她在后湖边的那头，走过来，又走过去。我想朝她走过去，但我没有了勇气。她是否也想朝我走过来，我不能知道。我为什么不能走过去向她说几句话，哪怕问候一下她的学习或向她解释一下我和小眉的重归于好及我的考研。但我的脚有千钧之重，就是提不动腿，迈不开向她走过去的步子。她不时地把疑惑的目光朝向我。她是否想我走过去或是在鼓励我向她走过去？我不敢肯定。

我在后湖的这头散步，她在后湖的那头散步。我俩相距时近时远，但就是没有相互致意和说上一句话。不是我不敢说，是我觉得自己已经没有资格对她说什么了。

我离开后湖，英子还站在了那里。我走远了，回眸一望，英子仍站在渐渐黑下来的天幕下……天空只有一颗孤星在泛着微光。

## 1984年4月24日

我是多么地想回到童年的岁月里。4岁多时曾患过一次伤寒，差点死去。我虽年幼，却体会了将死的飘飞向天或"翩然"之感。是母亲救了我，这才又活到了今天26岁即至的门槛。我何不就在那次童年的重病中飘然飞向天空呢？

可我又活了过来，继续我的童年时光，当然是幸福的。我从此被父母兄弟宠爱着，被老师同学爱护着。

少年和青春的高中时期也是幸福的。谁会想到未来的岁月是这么地不堪。高中毕业，走向生活，走向独立，命运徒转：

我怨怼我的命运里的"上山下乡"。因为下乡，我只能选择考大学以便离开农村回城。若不是下乡运动，我为什么要去考大学？我没有什么远大理想，在省城当个工人便好。在农场，等待招工回城是遥遥无期的，于是只有考大学。考大学也是为了回到省城就永不离开。可一切的努力，学习、奋斗，换来又是回到岳陵这个陌生地方。我现在的眼前，一切皆空。我所有的辛苦、执着全是白费劲。我想不明白，这一切的原因在哪里？如果我走到毁灭，那到底是谁毁灭了我？是我自己，还是我身边的这个环境与社会？！

我的家庭是一个纯朴的家庭。父亲虽然是个普通工人——技术工人，却有着天底下最纯朴的善良。勤劳、本分、付出是他的全部生命特征。他有一些文化，读过不少古书。他有一种儒生气，而并无工人的鲁蛮与粗俗。他是一个好父亲，无私无我的好父亲。我的母亲美丽贤淑，也敢作敢为。可她过早退职在家，做了全职家庭妇女。父母没有任何社会权势背景，属于城市中最低层。我的大学毕业分配之所以不能如愿留在省城，或许就是与他们社会地位的卑微不无关系。

当然，我也想起了另一个原因。我在上大三时，学校正兴起"80年校园学潮"，我参加了游行，喊口号。未料毕业分配时，一位常对我微笑的同学向系领导举报了我，或者说是出卖了我。所以，领导强行把我逐出了省城。

这就是政治。这就是我热衷"学生民主运动"付出的代价吧。

但一切的最初缘由还是"上山下乡"肇始的。我若不下乡，就不会认识小眉。不认识她，就不会有与她长达七年的情感起伏与纠缠。若不是下乡，我也就不会去考大学。上了大学，又一次被遣到岳陵。

这该死的"上山下乡"！它是我多难命运的一切根源。它是我内心恐惧的一个魔障！

18岁以前的我幸福而无忧。我的童年单纯而美好。我与街邻小伙伴捉谜藏、滚铁环、打玻璃球、爬樟树、捉金龟子、在湘江里游泳……在文革武斗中去捡拾造反派开枪后滚落一地的子弹壳……

我又想起了那个玉珍。她在全班毕业动员大会上眼睛斜看着我说："是啊，一个工人家庭的孩子能上大学，得感激党。是党培养了你，怎么能在毕业关键时刻向党提要求呢？！"这个玉珍啊，她以为她能代表党。她其实是党不慎培养出的一只臭鸡蛋！

父亲啊，母亲，你们为什么不是做大官的啊？你们为什么不能成为有权有势的人？哪怕是一点点权势，我也不至于两次来到岳陵，并陷在这片泥淖中而回不了家乡。

父亲，你为什么要在来信中说："放弃师专大学教师身份，轻易调回省城一个中学或小学，就是后退！"呢？我要回到父母温暖的怀抱难道就是"后退"么？你们为什么不能把我接回家。我两次异乡的飘零实在是心苦心冷心凄凉！我扛不住了啊！你们为何就没有一点办法让我回家呢？！

生命为什么越长大越凄苦越凄凉？我为什么越努力越奋斗越没有幸福的生活？我对爱情越痴情、越倾心、越纯真，为什么就越得不到幸福的美好回应？

回溯不长的生命历程，看来，我还是悔不该上大学的吧。我若与我的知青伙伴们一样招工回省城，就做一个工人，不也是快快乐乐无忧无虑的人么！

回家是我最大的梦想。我现在就想逃离这所师专学校。我要逃回省城去。哪怕没有一个单位接受我，我也要回去！

我要回家！哪怕是在省城里流浪街头……

上苍啊，你的眼睛长在哪里？你看不到我么？为什么要让我陷在这种人生的困境里？！若是有上帝，有神灵，我是一个有罪的人么？你为何要这般对待我。

上天、上帝、神灵：或许你是在考验我，可我会要倒下了。我接受不了这种非人的考验，你放了我吧，还我自由与幸福！

我现在是一个没有志向、没有追求、没有崇高目标的人了。我没有了任何的意志力。我甘愿做一个庸庸碌碌的人。我只要我的生命。所谓事业、爱情、理想、信念，都请你们离开我！离开我！

我只想回到省城南门外至善巷18号我的家中。我想躺在小木楼二楼后房我曾经的小床上，做一个永远无用的人，一个永远无所事事的人……

## 1984年4月25日

今天我感到万分羞愧、喜感又无奈！我真是哭笑不得，又欲哭无泪！马金娥来到新青工楼找我。李溢引导她走到我的房门外。我以为她有什么学习问题求教，就请她进房里来说。她走进我的房间，并没有坐下，但表情却十分地激动又异样。

"你有什么事吗？马金娥同学。"我问她。

她紧张地颤抖着一只胖嘟嘟的右手，将一封信从衣的右口袋里掏出，猛地递给我。

"这是什么？"我问。

她不言语，"你看后……就知道了……"

于是，我拆开来展读，里面写着这样的话：

亲爱的普老师：

我偷偷地、悄悄地爱上你，有好大半年了……

我对你不是一见钟情，而是通过你的上课，便渐渐地、渐渐地对你产生了好感……进而发展到暗恋上你而不能自已。

我爱你随着时日而加深，半夜会惊醒。因此，我现在不得不，向你表白。

你在课堂上是那样地充满着激情、才情与才华。你的知识广阔，见解独特。你是我在师专课堂上见过的唯一富于情感又富于理智的人。你是理智与情感最完美统一的男子汉。我多少次在食堂打饭时遇见你。你总是一个人、低着头、愁着脸，不愿意用你的眼睛看人。你的背影是那么地孤单。我知道你一定是因为没有爱的温暖和离开省城家乡的孤单。

我想走近你，可你却从来没有留意过我。每次，我只要看到你走来或是你的背影，就会心跳加速、并欢喜和幸福不已。这是真的，决不是假话。我之所以一直不敢向你表达爱情，是因为我害怕你的拒绝。当然，我也知道你喜欢英子。但我问过英子，她说："她不能爱你。"

我知道我长得不是花容月貌，或者说不怎么好看。我个子矮小，有点胖。但我结实，是农村长大的姑娘，有吃苦的耐力。我的心灵美丽、善良又温柔。我喜欢学习，所以才考上师专。我也有爱的权利。为了爱情，我是能陪你吃各种各样苦的人。

我知道你是省会大城市的人，而我只是岳陵地区临湘农村的人。我估计是有点儿配不上您。但爱情是没有办法的。我爱你是毫不犹豫、坚定不移的！我这是第一次向一个男子表达爱意。我爱你这个男人。爱你这个年轻博学的老师。而且，"暗恋是世界上最美好的情感。"这是苏格拉底说的。我也正是暗恋一个英俊的老师——您。我多想成为你的知友、亲人。我毕业后会争取留在岳陵市或回临湘的中学教书，但我不会让你放弃师专到临湘来。

我的爸妈一定会非常喜欢你。

我不知道你是否会答应我还是拒绝我，但我总算鼓足了十万分的勇气向您表白了！我无怨无悔。我愿永远伴随你……

我愿意永远陪伴你在岳陵地区！

您的学生：马金娥
4月24日

求爱信，学生的求爱信，这是我第一次收到女孩子这么火热的求爱信。我有一点点欢慰和小感动，但我还是把信当面交还给了她。我对她说："我有女朋友了……"

她的表情立即煞白，接了信，一扭身，就跑掉了。

为什么来求爱的不是潘英子？不是我的英子？而是马金娥啊？！我真是羞愧难当，又觉得无地自容……

## <u>1984年4月26日 凌晨</u>

我是一个彻底的失败者。青春的失败者。人生的失败者。大学毕业分配的失败者。3次恋爱的失败者——只是尚残留着小眉半份要死不活且无可奈何的情感牵扯。

考研失败。事业无望，爱情冰凉，回家不能。这一切的根源，我说过是"上山下乡"肇起。说近一点，就是玉珍对我残忍、冷酷的放逐。如果我毕业是留在省城，哪会有来到岳陵的这一连串的失败呢？当然，性格即命运。我的性格也许就决定了我今日的命运！难道是上天要安排我这样一个无以挣脱的毁灭性结局吗？

这是一个灰暗的世界。我的亲人也是无可奈何的。我没有错。我一直很努力。可我的努力换来的都是一连串的失败与泡影。

我想喝点酒。昨晚，我在学校"白屋"买了一瓶白酒。在食堂吃过晚饭，我去李溢的房间，请他与我一起喝酒。他并不爱喝酒，就叫来了路政辉、乔羽平。他们说："好，够哥们，我们陪你喝！"

我忽然话就很多。我想向他们倾诉："在大学的最后两年里，我拼命把成绩搞上去，最后也进入了班级的前5名……我后来又做系团总支书记，是边学习边忘我工作。我出墙报、给低年级同学上团课和组织团员登山活动。我自认为是一个积极上进的人，可系领导完全无视我的这些付出，却让我是这个结果。我不是不努力……我的努力、拼劲都到了临界点……我累了……我乏力了……我实在是扛不住了……我很想再争一口气，考研回去，可我在考场上竟是那么地虚弱……无奈退场……"

"少翱：你今天话太多了，情绪有点不正常啊！"李溢说。

"少翱兄：你似乎也有点语无伦次，精神恍惚。唉，你别借酒浇愁，一切会好的。"路政辉说。

"普老师：你是很有才华的。你是很优秀的。大家都看到了。一场考试并不能说明一切。有我们几个好朋友在你身边，你会渡过暂时的低潮的。"乔羽平安慰说。

"可为什么遣责我的声音……这么多？来自小眉……也来自你们……还来自我的内心……我是羞耻……又难当……我现在虚弱自卑到了极点……但我还残留着一点点自尊……我不想看人脸色……遭人白眼和鄙弃……我要面对家人、面对学生、面对生活……但我现在的路怎么走……我实在不知道……我的性情和骨子里……是一个诗人……我不适合做一个学者、尤其不适合做一个政治经济学的教师……我真的厌恶我所学的专业……但现实就是逼迫我朝这条路上走……我不知道我是一个什么样的人？我能做些什么？即使我能写几行诗，画几幅速写……而诗人又算什么东西？他在世俗的眼中又能有什么狗屁用处？我不是一个理性的人。我浑身充满着感性。我凭感性选择爱情、事业和人生。我热情太多，但热情……已经……燃烧完了……我完蛋了……我总是碰壁……我不知道我是一个什么样的人……"

"少翱，你喝多了。你喝多了。"

"少翱兄，你喝多了。你喝多了。"

"普老师，你喝多了。你喝多了。"

"我没喝多。我们4人才喝了这大半瓶酒！"

"不喝了！不喝了！"

"不喝了！不喝了！"

"不喝了！不喝了！"

我感觉这三位好朋友似乎也并不喜欢我这样对他们唠唠叨叨。他们似乎并不想受到我恢暗情绪与心理的影响。他们希望我笑，可我笑不起来。他们希望我唱歌以驱散郁闷，可我不知道把心中的歌唱给谁听……

我并没有醉。我只是想向他人倾诉。可我的这三位好朋友一定是把我当作了祥林嫂，我无尽地向他们倾诉"我的阿毛死了"、"我的心死了"、"我的意志死了"。他们也不愿意听了。

我明白了世人。哪怕是好朋友，我也能明白他们真实的感受。谁都不愿别人过多地打扰到自己平静的内心。闻喜不闻忧，人之通性也。

我带着残剩的白酒回到我空荡、清冷、阴暗和尤如囚牢一样的房间，独坐书桌边。我左转站立，望一眼北窗外的后湖：一片漆黑、一串阴风、一派死寂。

我继续想着我的心思，并清淅地在把这些感受写在我的《南湖日记》里：我为什么绝望？总结为一句话：我不懂社会，不懂生活，不懂人心的叵测与幽深，我尤其不懂女人！女人在我的眼中是一个个优美的怪物！

我为什么不爱我的专业？因为我的心中经常闯入诗神。诗神、诗神、诗神！荷马，维吉尔，但丁，歌德，拜伦，雪莱，普希金，莱蒙托夫，泰戈尔、叶芝、佩索阿。

伟大的屈原……虽九死犹未悔……宋玉……李白……千金散尽还复

来……使我不得开心颜……李贺……我有迷魂招不得……徐志摩……我挥一挥衣袖……不带走一片……云……彩……

我为什么不爱异乡？我想我永远只是一个没有长大的孩童。

回到家乡，可回家的路途，一片迷茫。

近日，学校里传出话来，没有研究生学历的人将会被师专逐一淘汰。看来我在师专的站立也成了问题。我的内心忽然升起莫名的恐惧。这些个白天，我都沉沉睡去，尽做着可怕的梦：我被学校也被学生赶下了讲台……逐出了学校。醒来，我没有了一点儿力气。意志全无。我捧起书本想读，却全然没有了兴味与耐心。

我不能胜任大学课堂……

我竟也害怕中学课堂……

我连小学的课堂也没有信心登上去……

我这是怎么啦？我去当工人吧？我去当农民吧？可我弱不禁风，一介失败的书生，手足无力，没有做工做农的任何技能。我到师专去守传达室吧！我去校园里做清洁工扫地吧！可我怎么面对我教过的师专的学生？还有可以又会遇上的潘英子的眼神……

我只有抛弃师专的一切，独自逃回省城的家中。我躺在家中楼上后房的小床上，成为一个让爸妈兄弟养活的人……

我无路可走，四周一片黑暗。师专多么静寂，四处一片刀丛。我万分恐惧。面对被师专辞退的危险，我走到了生活的末路……

现在已是子夜后的3点钟，我独自在这房中。我一忽儿开灯，一忽儿关灯。我一会儿停笔，一会儿急写。

房间阴黑，没有日光。我对着书桌上的小圆镜看着自己：眉骨凸显，面容苍白，脸颊消瘦，目光恍惚……

# 1984年4月26日 下午

我不自觉地控制不住地在日记本上最后乱写：

普少桃，普少余、普少坚、普少钧、普少力……我要变成你们。像孙悟空，一个猴变成无数个猴。

普少翔、普少翔、易美华、普少翔、普少翔、易美华……师专唯一的一个好同事好女人好干部……让一个普少翔变成无数个普少翔吧，让你们也来分担我这一个普少翔的痛楚，这该多好……

我并不想以绝望的方式惩罚小眉，但我实在没有办法。我想持一把汽枪去杀了那个造成我今日命运的人，可我缺乏勇敢。

我只能惩罚我自己的肉体。我不想再写我的日记，此时这一篇或许是个绝篇。我一无所有，唯有这部《南湖日记》。我这本日记不能留给父母，因为这会太伤他们的心。我这本日记也不要留给我的兄弟，因为这会徒增他们的眼泪。我的这本日记更不要留给小眉，这对她无异于割心之痛与残忍。我自己可能也带不走这本日记了……

最后，我要说，我选择原谅吧。原谅一切人。也原谅那个钱玉珍……

上帝有眼，就把这本日记献给懂我并理解我的人们吧。

不是诀别：

心死了，一切就死了
生是走向死，死是为了重生
南湖真美
家乡真好……

林乐之

2010年04月27日

2024年12月06日

# 普少翱的感想与格言小辑
## (1983-1984)

我们的主人公普少翱在他遗下的《南湖日记》中，还留有许多他的感想与格言。那时他读了一本《歌德的格言与感想集》，就觉得自己也有这样的才情，于是，在日记中不时记录下他思想的灵感与火花。有时，他一天能写五、六条。他的这些随想大多是针对爱的思考。他的这些思考或许还是能给人以启迪的。

本小辑仍由作家林乐之先生进行遴选并在文字上适当润色，以供亲爱的读者玩味。

**1.**

感情冷缩了一段时间后的相遇，我看见了你，心不由自主地跳动起来，且心中升起一股善的柔情。当你转身突然发现了我时，你却惊异得没能说一句话。从你那异样柔和的表情中，我看到了你内心的激动。这就是爱么？

**2.**

大自然永远是慷慨的、无私的、仁慈的。我爱我这南湖之畔的"退隐庐"。

**3.**

是的，历史是人民创造的，可"人民"中那些有血有肉的平凡而朴实的形象又有几个被记入了历史呢？

**4.**

永远不要让过去了的情感来扰乱我现在的安宁。

**5.**

只要我们怀抱热情地去干一件事，那么，我们的那个目的总是可以达到的吧。

## 6.

唯有学问使人高贵，政治资本只是些流水落花式的东西。

## 7.

心的过分慈善与软弱，是致成我们痛苦与悲剧的原因。

## 8.

你是一个老师——虽然年龄与学生差不多，但他们总是更多地用德行的标准来审视你。知识可能还只是第二位的。

## 9.

当我忽然看见你——你坐在教室倚窗的后位上，你回望我是那么地惊异。当我再度寻找你时——我出去一会又进来，你却回避我悄悄而去——你迅速从教室后门走出，沿楼道西侧而去。我在想，是我的眼睛太火辣了吗？把你惊着了。我这是爱么？

## 10.

我们的痛苦不就是情感的痛苦么？如果不让情感掀动起来，我们就不会有多少痛苦与苦涩的感受吧。

唯有读书，才能使我们的心襟开阔，目光远大……

## 11.

我决计要去再爱她，因为我可以给她欢快，给她知识。我可以为她献身，并创造幸福。在这种无私的爱中，我的心才不会再有苦涩与痛苦，而是永享欢乐吧。

## 12.

你的处所，就是世界的中心。你的心灵，就是快乐的源泉。爱人类吧，爱所有并非敌人的人！

### 13.

唯有适中的性格——不软弱、不强暴，这才是最好的待人性格。

### 14.

你对别人的过失不能原谅，当然，他（她）们就会离开你。

### 15.

心怎么能被征服得了呢？金钱、显贵、种族的优越皆不可能！因为心总是渴望自由的，它可为着这自由而死去。所以，心永远是不可战胜的。自由永远是不可阻挡的。——看电影《汤姆叔叔的小屋》。

### 16.

当我的心渴望见到你时，上天就这样仁慈地恩赐于我。当我走到你身边时，这颗心就不自觉地跳荡了，跳得那么厉害。当我得到你温和的回眸时，我的心就处在一种无法言述的宁静与甜美之中，它使我忘记了一切人。——散电影后遇见你。

### 17.

你看，当我们相遇时，目光就不约而同地聚合在一起，心就同时跳动起来，而且相互还常常是激动无语。因为，当人们真正激动的时候是会说不出话来的。"我爱你！"并不是表明真正的深爱与激动。

### 18.

你的爱不是通过你自己而被确证了么？呵，我看着你迎面走来，进校门，我不自觉地或许也是由于激动而羞惭地低了一下头，可又马上用目光迎着你。"噢，老师！"你又像以往那样欣喜而主动地招呼我。"噢，你上自习去？""嗯。"你的激动是多么动人地即刻浮现于你那欢悦的双颊，马上又含羞地低下了头。那朵红云浮于脸上。我即刻将视线转向你的同伴，同伴脸上显现的是一种带惬意的暗笑。美好感情的复活，我不由得内心欢笑了，欢乐充满了我周身血液中……。你说，这是多么动人的爱的画面呀。

### 19.

上课过于神气，连她也受不了。你爱着一个人，她却低着头呢！你不要骄傲！

## 20.

所谓爱情，只有双方分处两地仍能那样恋恋地想着爱着对方，这才可称得上真正的爱情吧，因为爱人总不可能没有分别的时候。分别是检验爱情和友情的最好尺度。

## 21.

你对生活有时太认真，可它却跟你开着玩笑。

## 22.

才学啊，在哪里？共同情趣啊，何处觅？！

## 23.

干一番事业并不容易，你一成功，别人就相对失败。所以，他们要阻挠你。

## 24.

不要希求人家会违反原则地去爱你，你自己也不要这样地去待他人。

## 25.

所谓修养就是能对自己的欲望加以适度压抑，能有忍耐、忍让之心，有时还能作出一些牺牲而无半点不快的情绪吧。

## 26.

一个人在激动时所表现出的面色总比平时的美。因为激动的面孔中再现了真和善，是感情的最自然流露，因此，他（她）是美的。

## 27.

当我看到你迎面过来时，我的心就不自觉地跳了，脚步也放慢了，头也无故地低下了。当我再抬头希望迎着你的目光时，我发觉，你的激动也显现在你那默然无语和低头羞涩的脸颊上。你不是也激动了、表情也异样了、脚步也跟着放慢了么？可是，我们都相见无语、默然离去……这是爱么？

## 28.

呵，我需要你的友情。当我第一次见到你，就对你抱有莫名的深情。我爱你，让我们把青春和热血献给人民、祖国和儿童的教育事业！

呵，我从来没想过我是你的老师，我只感觉我可以做你的哥哥。是兄妹就行。

## 29.

只有《美学》才像一门真正的学问，只有讲授《美学》的人才真正像一个学者。

## 30.

我常想，一个人要是没有激情，他怎么能写出卓越的诗章，怎么能做出震惊世人的事业。无论任何小的成功，都需要有激情相伴随吧。

## 31.

要跟心作斗争，这多么难啊！你越是害怕失去的东西，它越会失去。是这样的么？

## 32.

既能生活在尘世，也能生活在理念的世界，这不是太容易吧。柏拉图是我的导师。

## 33.

我要写小说了！就叫《爱》！"去认识你自己！"苏格拉底如是说。

## 34.

严肃啊！人生；明朗啊！艺术；幸福啊！思维。席勒如是说。

## 35.

我是怎样地与心儿作了一场剧烈的斗争啊。我放开了做小妹妹班的班主任而违心地选择了另一个班。用佛洛伊德的话说，我将欲念强压下来，遵循着舆论的风向。为了不让学生们议论我这个老师对小妹妹的偏爱，我无奈地选择了另一个班的班主任。知我者谁呢？我是什么样的一个人啦？！

## 36.

她是那样急速地把我曾借给她的书还我，不说一句话便转身而去，使我大惑不解。她开始回避见我，还书时那激动慌乱的表情，这究竟是谢绝爱情还是基于羞怯呢？爱让我困惑。苦思，没有答案。

## 37.

爱情的维持应多在男子。爱情的维持应多在男人。李溢的话。

## 38.

你最知心的朋友就是你的日记。你所有的心里话全对它说。而且你常常回顾它，从而使自己变得聪慧、清醒和踏实。你从它身上获得快慰。生活的趣味在于对过去的自己进行回味。故，我写着《南湖日记》。

## 39.

心从来没有这般苦涩过，它是一种隐痛。思绪从来没有这般混乱过，它思索不出一个头绪来。我处在爱的徘徊中。我几乎晕头转向，不知所措。来到南湖边观赏夜的湖水翻涌，心久久是苦的……我这是怎么啦？！

## 40.

我就像一个拜伦，过于敏感而激动的心使我的一切总是归于失败与失望。谁救救我！

上苍啊，我没有行过恶，虽然我有过过失……。你——人类最伟大的仁慈者，你为何如此这般对待我……

## 41.

星期天啊，你是我的牢狱，是我悲哀的节日。心灵里充满了空乏、寂寥和冷清。世界在一片冰凉的色彩里……

## 42.

有神灵么？或许有，或许无。无，就让我死去吧。有，就让我永生吧！

## 43.

伟大的自然，你会怎么处置我的生命或命运呢？一切未知，未知……

## 44.

我反对现行大学毕业分配体制！你必须改革，以拯救千万万学子。

## 45.

我行走在夜的南湖边……。湖的水，波涛汹涌，波涛汹涌，波涛汹涌……

（完）

# 附录1：林乐之年谱

## 林乐之年谱

### 0岁

1958年4月27日星期日上午10时许（戊戌狗年三月初九巳时），诞生在湖南省长沙市城南门外小蚂蚁巷（今书院巷）18号二楼前房，9斤重。青山祠妇幼保健站医生来家接生。取名林有强。父林楚才，母汤淑媛。兄有胜8岁、有钧4岁。

### 2岁

1960年6月，母亲带大哥二哥和我与武汉小姨的两个儿子在长沙南方照相馆合影。随母亲去武汉小姨家、父亲老家黄陂县林家楼子及武昌县大姨、大舅家。

### 3岁

1962年1月，母亲带二哥和我去湖北监利县（沔阳洲）汴河镇族叔林海生家，弟弟在母亲肚子里六个月。4月，楼下叔爷爷林先恩去世，跪灵，主祭说："此孩儿会读书、上大学、教书、写书，成人物。"（母言）同月，弟有毅出生。

### 7岁

1965年9月入灵官渡民办小学甲班。班主任柳爱民（女）。第一批入少先队。《语文》第一册第34课："秋天来了，天气凉了。一群大雁往南飞，一会儿排成个人字，一会儿排成个一字。"由此，爱上语文。

### 9岁

1967年下半年，三年级，任排长、年级连长。班主任何玉文（女）。临写《中学生习字贴》（颜真卿《多宝塔》字），父亲指导。

### 11岁

1970年3月，并入书院路第一完全小学，四年级乙班。班主任范丽庄老师（女）。因不喜欢"强盗"的强，自己更名为：有祥。

### 13岁

1972年春进入长沙市第五中学（雅礼）26连初132班。一个月后任排长（班长），连委委员。班主任梁建荣（女）。

### 14岁

1973年春进入初二，班主任陈次非。3月7日入共青团，班级第一人，介绍人梁建荣。

### 16岁

1974年秋，直升本校高48班。高一上学期，任班级宣传委员。为团委出墙报。班主任喻平（女）。

### 17岁

1975年春，班主任胡守中。5月，写出第一首诗歌《夜行军》（小长诗），由年级两位女生在校小礼堂"庆五·四文艺汇演"舞台上朗诵。8月5日，在韶山开始写《生活日记》。8月18日去湖南湘绣研究所邵春林先生画室，求教学习绘画及书法，父亲老朋友引荐。8月20日写下第一首短诗《湘江边上》。

1976年4月7日，"小将上讲台"，第一次为全班同学讲授语文课《鞋和路》。主持班级赛诗会。

### 18岁

1976年4月9日（农历三月初九），过最后一个阴历生日。续上《鞋和路》。4月16日《给大哥的信》："文学和艺术是我的爱好，它必将成为我的终身伴侣。"4月29日晚，母亲送外祖父汤栋臣去武汉，外祖父嘱："唯一认真读书，会有点造就。"

1977年3月18日，写下最早短小说《打会》。

### 19岁

1977年10月9日，闻高考恢复消息。10月25日，父亲为我报名下乡"岳阳国营钱粮湖农场"。彭南先作《赠别》歌行体送我。12月26日上午，独自赴岳阳国营钱粮湖农场八分场八队知青点。

1978年3月10日赴总场参加"钱粮湖农场上山下乡知青代表大会"筹备组。17日代表知青点在大会上发言，录音在全农场广播中播出。评为"先进知青标兵"。

## 20岁

1978年5月5日接总场宣教科通知，去七分场中学高考文科重点复习班。《我的一天》作为范文编入油印书。7月20日在八分场参加高考。12月31日，收到湖南师范学院录取通知书，入教育系。

1979年元月12日离开农场。2月9日在湖南师范学院教育系学生三舍报到。4月，《麓山之春》在"文选习作"（《大学语文》）课上范读。

## 21岁

1979年9月9日，写诗歌《九月九日的思念》，师院广播站播出。10月24日，女友朱桂辉招工回城。

## 22岁

1980年5月14日，写诗《我找到了你——苏菲》。11月16日，行书、隶书、国画山水三作品入展"湖南师院师生书法展"，行书获三等奖。

1981年2月21日，朱桂辉终为女友。她复信："这天终于来到了。这是我一生中最大的快乐和幸福。"

## 24岁

1982年11月1日，完成毕业论文《课堂艺术美初探》，获"优"评。12月3日，为教育系筹备并展出首届书画摄影展，书法获一等奖。12月20日，《湖南师院报》副刊发草书参展作品《王之涣·登鹳雀楼》。12月28日，毕业分配岳阳师专。

1983年3月5日，在师专中文科初登讲台，主讲《心理学》。

## 25岁

1983年5月1日，游庐山，作诗《庐山游》、《九江恋情》。6月8日晚，为师专作《美术漫谈》讲座。9月28日，清唱京剧《誓把反动派一扫光》，在校广播站播出。

## 26岁

1984年9月14日，调入长沙水电师范学院。转《教育学》方向。1985年2月28日《长沙晚报》刊处女作教育短文《让孩子到童话王国和大自然中去》。

1985年3月5日，惊蛰，与朱桂辉登记结婚。给妻更名"桂菲"。

## 27岁

1985年6月16日，喜酒并旅行结婚上海、杭州、苏州、无锡。7月7日收到东北师范大学"助教进修班"录取通知，教育基本理论方向。7月18日，自赋《乐之歌》，"林乐之"笔名诞生。

1986年3月1日，儿子林英俊出生，爱称弥望，后更名英骏。4月25日，《苏霍姆林斯基自然教育思想及给我们的启示》被东北师大《外国教育研究》1986年第2期采用，责编徐长瑞。第一篇学术论文面世。

## 28岁

1986年5月30日，《课堂教学美初探》投《东北师大学报》。刊于《东北师大学报》教育版1987年第2期，全文转载人大报刊复印资料《教育学》1987年第7期。7月1日，东北师范大学频发《高等学校助教进修班结业证书》："学习硕士研究生主要课程，通过考试成绩合格，以资证明。校长郝水。"9月2日，首上《教育学》课。1987年1月7日，获长沙水电师院首届书画大赛书法一等奖（篆书）。

## 29岁

1987年8月27日，求教靳绍彤学习美学。11月27日，成立"院青年哲学美学研究会"，任会长。1988年元月，立志做"无党派"。4月10日，第一次以"林乐之"名发表散文《除夕夜》于校报副刊。

## 30岁

第一篇美学论文《"审美移情"试析》刊《长沙水电师院学报》1988年第3期。署名林乐之。12月4日，产生仿卢梭风格小说创作冲动。12月9

日父亲辞世，年66岁。12月9日，讲师职称获通过。

### 31岁

1989年12月9日，动笔创作长篇小说《太阳底下》。四分之三稿读给母亲听。

### 32岁

1991年4月见昔日画友何斌，此时已是作家何顿。

### 33岁

1991年7月11日，《太阳底下》全部完稿，约48万字，历时一年半余。写第一个短篇小说《孤寂》。10月立志：去拥抱太阳！（文学）

### 34岁

1992年10月5日写诗《登张家界森林石径》，12月刊《南昌晚报》副刊，编辑罗丁。第一次得文学稿费10元，未收样报。

### 35岁

1993年9月14日《妻姐》刊《空中之友》，责编霍红。第一次正式发表散文。参编《简明艺术辞典》，中国和平出版社，1993年版。12月16日，代上外语系《美学》课，第一次完整上此课。

1994年1月24日，写作短篇小说《告别伊甸园》。建立了写信信心。

### 36岁

1994年5月5日，长沙水电师院更名长沙电力学院。"从何立伟处得知，李一安看了《告别伊甸园》后，认林乐之为他将要培养的第二个湖南作家。"（何顿告）参编《书家毛泽东》，湖南文艺出版社，1994年版。

1995年1月18日，获学院人事处副教授资格证书。3月14日，短篇小说处女作《告别伊甸园》面世，《山花》1995年第三期，何顿推荐，责编何锐。

### 37岁

1995年4月28日，短篇《雪月》寄《青年作家》，责编史唯。复信："文笔娴熟流畅，很不错。"刊《青年作家》1997年第1期。6月20日，短篇《辣花》发《新创作》1995年第3期，责编胡启明。6月29日加入湖南省美学学会。11月7日，《女儿殇》给《湖南文学》，责编吴缨。刊1996年第2期。

### 38岁

1996年6月21日，《北屯故事》发《当代作家》1996年第3期，责编李正武。12月27日，加入长沙市作家协会。

### 39岁

1997年4月24日，去湖南天通企业发展研究中心任客座研究员。编《天通人》报创刊号。8月24日，《金凤凰》问世，刊《珠海》1997年第3期，责编曾维浩，更名《凤凰》。

### 40岁

1999年1月26日，短小说《又见初恋情人》（《瓷狐狸》）刊《家庭导报》。

### 41岁

1999年6月17日，《告别伊甸园》入编《长沙市文学艺术精品库》小说卷，湖南文艺出版社，1999年版，责编宋元。7月13日，"林乐之"以曾用名登入《居民户口簿》。

### 42岁

2000年5月10日，《余言自述》刊《创作》2000年第2期。

2001年3月30，短篇《司马子高的一次夏日游泳生活》退稿。《小说林》安海林："已读，从中可以了解你深厚的创作功底。有诗意的伤感……"

### 43岁

2001年5月18日，文学评论《社会生活的解牛刀》刊《湖南日报》副刊。10月12日，受邀为院外语系学生讲《我的文学创作谈》。12月3日，为何立伟中篇《南方落雪北方落雪》写评论《诗人的迷失与诗人的回归》，刊《文学自由谈》2002年第1期。3月14日，评论《一个时代的侧影》刊《文学报》。

## 44岁

2002年5月24日，《此文献给少女琴》发《创作》2002年第3期，责编唐朝晖。5月30日，《向生活学习》刊《长沙晚报》副刊。8月8日，在长沙女性频道做嘉宾，谈《男人的眼泪》。8月16日，评论《像大树一样生长》刊《湖南日报》。8月31日，《男人的眼泪》刊《潇湘晨报》副刊，责编邓皓。

2003年4月，长沙理工大学由长沙交通学院与长沙电力学院合并成立。

## 45岁

2003年6月18日，受邀参加市广电集团组织的"文艺活动策划会"。罗浩、奇志、杨五六、王开林等到会。

## 46岁

2004年6月1日，获授长沙理工大学"研究生副导师"。7月20日，儿子录取青岛大学经济学系。8月11日，《感性教学论》出版，甘肃文化出版社，2004年版。

2005年1月14日，写《感性教学论的生理解构与审美价值》，发《求索》2005年第2期，总编乌东峰。

## 47岁

2005年5月31日，《感性教学论中的几个理论问题》刊《河北大学学报》2005年第2期。8月10日，写短篇小说《红尘》，获评"有贵族气。"2006年4月5日，母亲辞世，享76寿。葬衡东象形山。

## 48岁

2006年10月，在湖南商学院设计艺术学院主讲《西方现代艺术》，北津学院主讲《艺术概论》。在学校开全校选修《美学概论》。

## 49岁

2007年5月11日，参加长沙晚报《你说话吧——对话阎崇年》。6月9日，宋元约稿，短篇《少年·行走·城市》发《创作》2007年第3期。10月12日，省评正高教授职称获通过。

### 50岁

2008年5月5日，著《感性教育学》获长沙理工大学出版支助，光明日报出版社出版，2009年版。9月14日，《晚风》发《创作》2008年第4期。4月8日，散文《远行的父亲》发《长沙晚报》副刊。

### 51岁

2009年6月4日，儿子赴香港理工大学读研：金融学。11月25日，文友聚会，见小说家徐晓鹤。4月26日，完成长篇小说《南湖日记》，历时两个月，日记体。

### 52岁

2010年5月，由全校选修《美学概论》转授《艺术导论》。6月，行书《静女》参展"湖南省高校第七届师生书法联展"并入集《艺术中国》。7月21日，短篇《母亲对沙老头的请求》发《文学界》2010年第8期，主编王开林。11月11日，携妻赴香港理工大学参加儿子硕士学位颁授典礼。

2011年2月8日，《友情遭遇》刊《长沙晚报》，后被光明网、搜孤网等转载。

### 53岁

2011年7月11日，获长沙理工大学师德标兵称号。8月，短篇《穿天蓝连衣裙的春妮》发《文学界》2011年8期。9月30日，在长沙北正街西园北里拜会金石书画家李立先生，获赠小册《李立》并题："乐之教授存念。长沙八十七叟李立赠。"10月9日，网易读书刊北京师范大学文学硕士胡芳芳评论："《穿天蓝连衣裙的春妮》要是改编成先锋话剧，肯定深受导演喜欢。最适合小剧场。足够先锋。"

### 54岁

2012年6月14日。获聘"湖南省教育科学十二规划评审专家"。3月19日，在马院"教授博士论坛"为研究生讲授《美学的人文意义与学理价值》。11月22日，长篇小说《百美图》完稿，18万字。

### 55岁

2013年6月9日，获长沙理工大学第二届教学奉献奖，奖金一万元。6

月19日，为校2013届毕业生致辞《明天的太阳》。

2014年1月27日，写诗评《读庄涌其人与其诗》，刊《邳州文化》2014年第1期。2月17日，写《论诗人庄涌及其诗作的特性》，刊于《创新》2017年第5期。

## 56岁

2014年10月10日，林英骏与谢好婚礼在圣爵菲斯大酒店举行。10月18日，在月湖公园参加《亲爱的日子——何立伟创作汇报展》，与韩少功握手留影。

## 57岁

2015年7月6日，行书及汉印白文"大器晚成"入《书印相辉——长沙市书法家协会·天心印社成立30周年书画联展》和《作品集》。

## 58岁

2016年9月29日，开微信公众号《林乐之作品吧》。10月10日，草书《朱熹·观书有感》入选《长沙理工大学校友作品集》。

2017年1月7日，孙子林雄之诞生美国加州，英文名marcus。3月13日，加入"湖南省直书画家协会"。

## 59岁

2017年5月12日，停止42年手写日记转为电脑日记。6月2日，成为"湖南省诗歌学会会员"。10月，诗《我真的做腻了教授》入编《百人孤独》，美商EHGBooks出版公司，2017年。12月17日，参加长沙市"新时代·新征程·星城追梦"新年诗会，代表参赛诗组获"诗魔"称号。11月1日，加入湖南省作家协会。

2018年元月诗作《华山论剑》参加"华山论剑诗赛"获三等奖，封号"绕云如意剑"。

3月3日，获得2017年度"高山文学奖入围作家"。

## 60岁

2018年6月29日，收《给林有祥老师的一封信》："您在我心中算是那种比较通俗的成功者吧。您有自己的审美境界，拥有不同于普通人而善于感受生活感受美的心。这些可能并不那么显眼出众，却是在这个社会中千千万万人倾尽一生所追求的。很幸福，您做到了。白仙。"告别长沙理工大学讲台。诗作《跳舞的汉字》刊《2017年湖南诗歌年选》，百花洲文艺出版社，2018年。10月，篆刻《沅湘居士》入选西泠印社主编并出版《2018国际印社联展图集》。《异象三论：30想》刊《流派》2018年第9期。

2019年4月5日，《法哥看诗界》编《中国诗人名录：林乐之篇》。6月16日，入住荣悦台小区。开"林乐之授徒馆"，讲授书画。

### 61岁

2019年8月4日，《纪念邓世平失踪十六年》刊《幸存者诗刊》，名誉主编芒克，主编杨炼、唐晓渡。

2020年4月16日，第四部长篇小说《青春如斯》完稿，16万字。

### 62岁

2020年5月11日，撰毕《林乐之年谱》。6月，《梦中赛诗》入选《2019湖南诗歌年选》湖南诗歌学会出品，2020年。

2021年1月6日，短篇《林冲离开梁山》写毕。刊《静録书院》2024年1月7日。获批评家徐敬亚谬赞："有施耐庵之风。"

### 63岁

2021年5月23日，在《现在写作》微信群结识南京作家吴晨骏。9月15日，完成中篇小说《长情记》约6万字。《青春》2021年第11期，刊短篇小说《青山祠》，吴晨骏推荐，主编李樯，责编菡萏。

2022年1月18日，《太阳底下》出版。九天文学出版社。国际书号：ISBN 978-1-63931-192-7。责编：赵嘉盟。

### 64岁

2023年1月，诗集《乘末班车而来的诗人》出版，九天文学出版社。

### 65岁

2023年12月，获北京秦韵源书画院第十九届"秦韵杯"全国书画大赛专家评审"优秀奖"，《闲情偶寄》获"国画山水·最具替力奖"。成为"北京秦韵书画院会员"。

2024年3月22日悉，《长情记——林乐之情感小说集》出版，全球华人出版社，2024年版。

### 66岁

2024年《白银诗刊》第二期"客座首席"刊林乐之《天窗开》等5首。招小波作《林乐之的最大理想是做梁山好汉》收入《当代诗人诗列传》（香港先锋诗歌协会出版社，2024年）。10月8日，完成短篇小说《淑元与菊云》。10月15日，在长沙东篱酌院主讲《老长沙的人文生活之美——林乐之长篇小说<太阳底下>创作与阅读分享会》并签售。12月，长篇小说《南湖日记》最后修改完成。诗作《诗人的敏感》入选《湖南当代诗歌地理》，北方文艺出版社，2024年。短篇小说《十九岁浪迹天涯》刊《丑小鸭文学》2024年5、6期合刊。

2025年，《林冲离开梁山泊》刊《北方》2025年第三期。

2025年4月9日撰

# 附录2：林乐之小说作品目录

## 一．短篇小说

1. 《告别伊甸园》（《山花》1995年第3期；《长沙文学艺术精品库》小说卷，湖南文艺出版社，1999年）
2. 《辣花》（《新创作》1995年第3期）
3. 《女儿殇》（《湖南文学》1996年第2期）
4. 《北屯故事》（《当代作家》1996年第3期）
5. 《雪月》（《青年作家》1997年第1期）
6. 《凤凰》（《珠海》1997年第4期。原名《金凤凰》）
7. 《又见初恋情人》（《家庭导报》1999年1月26日，复名《瓷狐狸》收入《长情记-林乐之情感小说集》）
8. 《余言自述》（《创作》2000年第2期）
9. 《此文献给少女琴》（《创作》2002年第3期）
10. 《少年·行走·城市》（《创作》2007年第3期）
11. 《晚风》（《创作》2008年第4期）
12. 《母亲对沙老头的请求》（《文学界》2010年第8期）
13. 《病假》（《2010中国年度微型小说》，漓江出版社，2011年；《我的青春我做主》，地震出版社，2012）
14. 《我和一波横渡湘江》（《长沙晚报》2011年7月20日）
15. 《穿天蓝连衣裙的春妮》（《文学界》2011年8期）
16. 《少年迷宫》（《九天文学》2021年第九期·下半月，香江出版社）
17. 《青山祠》（《青春》2021年第11期）
18. 《残月》（收入《长情记-林乐之情感小说集》）
19. 《我女友的一家人》（收入《长情记-林乐之情感小说集》）
20. 《过河》（收入《长情记-林乐之情感小说集》）
21. 《伊亚不是我的情人》（收入《长情记-林乐之情感小说集》）
22. 《孪生姐妹》（收入《长情记-林乐之情感小说集》）

23.《追忆银子》　　　　　　　　　（收入《长情记-林乐之情感小说集》）

24.《十九岁浪迹天涯》　　　　　　（《丑小鸭文学》2024年5、6期合刊）

25.《林冲离开梁山泊》　　　　　　（《北方》2025年第三期 ）

## 二．中短篇集

26.《长情记-林乐之情感小说集》（全球华人出版社，2024年2月）

## 三．长篇小说

27.《青春如斯》　　　　　　　　　（林乐之作品吧出品，2021年）

28.《太阳底下》　　　　　　　　　（九天文学出版社，2022年1月）

29.《南湖日记》　　　　　　　　　（北美作家出版社，2025年）

## 四．公号小说

30.《黛玉大观园》　　　　　　　　（《雷打箍and长风诗刊》2020年1月24日）

31.《武斗》　　　　　　　　　　　（《林乐之作品吧》2020年7月15日）

32.《坐着火车去北京》　　　　　　（《林乐之作品吧》2020年8月16日）

33.《红尘》　　　　　　　　　　　（ 鹰子《年度短诗奖与全民诗歌运动》
　　　　　　　　　　　　　　　　　2020年10月25日）

34.《刘一波事略及其他》　　　　　（《林乐之作品吧》2021年3月1日）

35.《紫花传》　　　　　　　　　　（《林乐之作品吧》2021年4月15日）

36.《我的农场》　　　　　　　　　（《林乐之作品吧》2021年5月29日，诗小
　　　　　　　　　　　　　　　　　说）

37.《爸，我和你商量一个事》　　　（《林乐之作品吧》2023年7月30日）

38.《防空洞》　　　　　　　　　　（《林乐之作品吧》2023年12月30日）

39.《林冲离开梁山》　　　　　　　（《静録书院》2024年1月7日）

40.《少男少女红缨枪》　　　　　　（《林乐之作品吧》2024年2月28日）

# 作者简介

　　林乐之，本名林有祥。长沙理工大学教授，湖南省作家协会会员，湖南诗歌学会会员。1995年3月在《山花》发表短篇小说处女作《告别甸园》，并在《当代作家》、《青年作家》、《珠海》、《青春》、《湖南文学》、《文学界》、《新创作》、《创作》、《丑小鸭文学》、《北方》及《九天文学》发表短篇小说若干。诗作连续三年入选《湖南诗歌年选》（2017—2019）。出版长篇小说《太阳底下》（九天文学出版社，2022年）、诗集《乘末班车而来的诗人》（九天文学出版社，2023年）和《长情记——林乐之情感小说集》（全球华人出版社，2024年）。

www.ingramcontent.com/pod-product-compliance
Lightning Source LLC
Chambersburg PA
CBHW032013180726
48283CB00008B/2660